LES GRANDS CLASSIQUES ILLUSTRES

VOYAGE AU CENTRE DE LA TERRE

Jules Verne

adaptation de
Howard J. Schwach

traduite par
Anne Marie Gassier

illustrations de
Pablo Marcos Studio

EDITIONS ABC

DIVISION PAYETTE & SIMMS INC.

LES GRANDS CLASSIQUES ILLUSTRES

collection dirigée par
Malvina G. Vogel

EDITIONS ABC

Division Payette & Simms Inc.

SAINT-LAMBERT (Québec) CANADA

Imprimé au Canada

Table des matières

Chapitre **Page**

1. La grande découverte 7
2. Le début du voyage 31
3. Dans les entrailles de la Terre 53
4. De plus en plus bas 71
5. Où est l'eau? 89
6. Le Hansbach 105
7. Tout seul et perdu 123
8. Enfin, des voix! 137
9. La mer centrale 155
10. La tempête 179
11. Un monde primitif 195
12. L'éruption du volcan 215
13. La fin du voyage 227
14. Le retour au foyer 235

Notes sur l'auteur

Jules Verne est né à Nantes, en France, en 1928. Enfant, il rêvait d'explorer des pays inconnus et, à 12 ans, il essaya de s'embarquer comme passager clandestin sur un bateau en partance pour l'Inde. Mais son père l'en fit sortir de force et le battit sévèrement. Jules fit cependant vœu de continuer à voyager, mais cette fois en imagination.

Certes, Jules Verne ne fut pas l'inventeur de la science-fiction, mais ce fut le premier écrivain à se servir pour ses romans de science-fiction de lieux réels.

Beaucoup ont dit que Jules Verne avait "inventé l'avenir". Ils ont peut-être raison, car Verne a "inventé" le sous-marin dans "20.000 lieues sous les mers", les voyages dans l'espace dans "De la Terre à la Lune", les machines volantes plus lourdes que l'air dans "La frégate des nuages" et les voyages autour du monde dans "Le tour du monde en 80 jours".

Mais Verne était également fasciné par le passé, où il emmène ses lecteurs dans "Voyage au centre de la Terre". Verne conçut l'idée de ce livre lors d'un dîner où il rencontra deux savants qui revenaient d'un voyage d'exploration de l'île volcanique de Stromboli, au large de l'Italie. Ces deux hommes avaient pénétré dans le cratère du volcan avant de retourner à la surface. Mais l'imagination de Verne fut stimulée par l'idée de continuer ce voyage et de parvenir ainsi jusqu'au centre de la Terre elle-même! Le livre que vous allez lire vous emmène faire ce voyage!

Le professeur Hardwigg

Chapitre 1

La grande découverte

Lorsque je repense à tout ce qui s'est passé depuis cette journée riche en aventures, j'arrive à peine à croire à ces événements extraordinaires. Maintenant encore, je suis stupéfait lorsque j'y pense.

J'habitais alors chez mon oncle, un Allemand professeur de philosophie, de chimie, de géologie, de minéralogie, et de bien d'autres "ogies".

Le professeur Hardwigg, mon oncle, m'avait invité à venir poursuivre mes études sous sa direction, car j'étais très désireux d'apprendre le plus de choses possible sur la Terre et tout ce qui se trouve sous son écorce.

Mon oncle était très instruit: il pouvait s'entretenir avec les plus célèbres savants du monde dans n'importe quelle langue, et identifier six cents spécimens géologiques différents d'après leur poids, leur dureté, le son qu'ils rendaient, leur goût et leur odeur; mais il n'avait absolument pas le physique de l'emploi.

Agé de cinquante ans, il était grand, maigre et sec. De grosses lunettes cachaient ses immenses yeux ronds et proéminents. Son nez aussi mince qu'une lime était constamment attiré par le tabac. Il marchait à grandes enjambées, les poings serrés comme s'il allait vous frapper. La plupart du temps, il était loin d'être d'une compagnie agréable.

Mais le professeur Hardwigg n'était pas un méchant homme. Il fallait simplement lui obéir. C'est ainsi que lorsqu'un jour, rentrant à la maison, il se mit à m'appeler: "Harry! Harry! Harry!" je me précipitai pour le rejoin-

Je réponds à l'appel du professeur.

dre, même s'il m'importait plus à ce moment-là de découvrir ce que le dîner me réservait que ce que mon oncle me voulait.

Grimpant les escaliers quatre à quatre, je me présentai dans le bureau de mon oncle. Dans ce véritable musée, rempli de minéraux de toutes sortes, mon oncle examinait un livre sans même se rendre compte qu'il n'était plus seul dans la pièce.

—Merveilleux! s'exclamait-il en étudiant le volume. Merveilleux!

C'était un vieux livre jauni par les ans—exactement le genre de livre que mon oncle préférait à tous les autres.

—Que désirez-vous, mon oncle? demandai-je.

—C'est le Heims-Kringla de Snorre Tarleson, le célèbre écrivain islandais du douzième siècle. Ce livre décrit avec exactitude le règne des princes norvégiens en Islande.

—En quelle langue? demandai-je, dans l'espoir qu'il s'agirait d'une traduction allemande

"Merveilleux!"

que je pourrais lire. Mais mon oncle dédaignait les traductions—seul l'original pouvait faire l'affaire.

—Ce sont des runes, la langue de la population originelle de l'Islande, dit-il, irrité par mon ignorance.

Mon oncle ouvrait le livre pour me montrer les étranges caractères de cette langue, quand un bout de papier tomba d'entre les pages jaunies. Mon oncle s'en empara comme un affamé se jetant sur un morceau de pain. C'était un parchemin antique, d'à peu près trois pouces sur cinq, couvert de caractères bizarres.

—Ce sont des runes, déclara mon oncle, la voix et les doigts tremblants.

Je l'examinai, loin de penser que ce petit bout de parchemin allait nous entraîner dans une des aventures les plus extraordinaires que l'homme ait connues.

Mais, bien que mon oncle pût lire les runes, il n'arrivait pas à déchiffrer les caractères de ce document.

Un bout de papier tombe du livre.

A ce moment précis, la cuisinière nous appela, car le dîner était prêt.

—Peu m'importe le dîner! rugit mon oncle.

Mais j'avais faim et descendis manger. Au moment où je finissais mon dessert et mon vin, j'entendis mon oncle me hurler de venir tout de suite. Je ne fis qu'un bond vers l'escalier, tant son appel était impérieux.

Assis devant le parchemin, mon oncle le fixait du regard. "Je t'affirme qu'il s'agit de runes, me cria-t-il. Il y a là-dedans un secret extraordinaire que je dois découvrir à tout prix."

Je regardai les lettres du parchemin sans rien y comprendre:

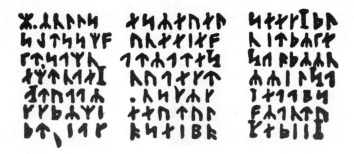

Un secret merveilleux sur le parchemin

VOYAGE AU CENTRE DE LA TERRE

—Assieds-toi! cria mon oncle sauvagement. Et écris ce que je vais te dicter.

J'obéis immédiatement.

—Je vais substituer à chaque caractère runique une lettre de notre alphabet, dit-il, et nous verrons ce que nous obtiendrons.

Il me dicta les lettres de ces vingt et un mots, auxquels je ne comprenais absolument rien:

m.rnlls	nicdrke	.nscrc
sgtssmf	Saodrrn	eeutul
kt,samn	emtnael	oseibo
esruel	Atvaar	rrilSa
unteief	ccdrmi	ieaabs
atrateS	dt,iac	frantu
seecJde	nuaect	Kediil

Me laissant à peine le temps de finir, il m'arracha le papier et l'examina attentivement.

—Qu'est-ce que cela veut dire? dit-il autant pour lui-même que pour moi.

"Prends sous ma dictée."

Ce n'était certainement pas moi qui allais le lui dire!

—On dirait un cryptogramme—une sorte de message chiffré, dit-il. Je suis peut-être sur le point de faire une grande découverte.

A mon avis, ce n'était rien du tout, mais je gardais mon opinion pour moi, car les colères de mon oncle n'étaient pas une petite affaire.

—Le parchemin et le livre ne sont pas de la même main, continua mon oncle. Le livre est plus vieux que le parchemin d'environ 200 ans; ce n'est donc pas le propriétaire d'origine qui l'a écrit. La question suivante est donc: qui était le propriétaire du livre à l'époque du parchemin?

A l'intérieur de la couverture, mon oncle découvrit une espèce de tache d'encre, qui, vue de près, s'avéra être une ligne d'écriture presque effacée par le temps. Mon oncle examina les lettres:

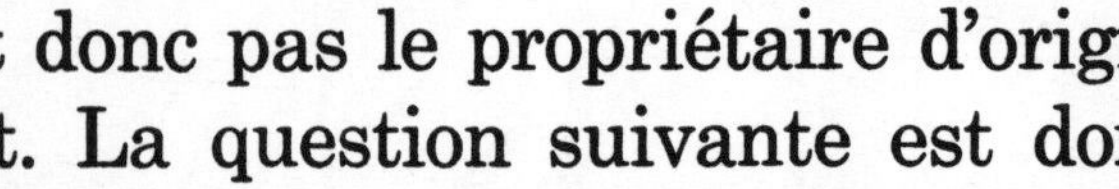

Le livre et le parchemin sont differents.

VOYAGE AU CENTRE DE LA TERRE

—Arne Saknussemm! s'écria mon oncle triomphalement. C'était un célèbre chimiste islandais du 16e siècle. C'est lui qui a écrit ces mots mystérieux sur le parchemin—peut-être une de ses fantastiques découvertes.

Tout excité, mon oncle se mit à faire les cent pas dans la pièce.

—Tant que je n'aurai pas découvert la signification de ces mots, dit-il, je jure de ne plus manger ni dormir!

—Mon cher oncle, commençai-je . . .

—Et toi non plus! affirma-t-il.

Heureusement, me dis-je, je venais de faire un repas particulièrement copieux.

Nous nous mîmes donc au travail, essayant de déchiffrer le parchemin à l'aide de toutes sortes de langues et de patois. Après des heures de travail, nous n'avions découvert aucun indice.

Mon oncle était sûr que Saknussemm écrivait en latin, comme la plupart des gens instruits de son époque. Mais les lettres ne

Des heures de travail sur le parchemin

semblaient contenir aucun mot latin.

Mon oncle se mit alors à étudier le mystérieux cryptogramme selon une théorie à lui, et me fit noter ce qui suit:

mmessunkaSenrA.icefdoKsegnittamurt necertserrette,rotaiusadua,ednecsedsad-nelacartniiiluJsiratracSarbmutabeled-nek meretarcsilucoysleffenSnl.

Tout cela n'avait aucun sens. Fou de rage, mon oncle frappa la table du poing, quitta la pièce, puis la maison, claquant les portes derrière lui.

Je me reposai un moment, assis dans un fauteuil, fumant une cigarette. Puis je repris le parchemin. J'y trouvai quelques mots latins par-ci, par-là, un mot anglais, et plusieurs mots français. De quoi devenir fou!

Il faisait très chaud dans la pièce close, et je me mis à m'éventer avec le morceau de parchemin. Je vis ainsi pour la première fois le

Le professeur est fou de rage.

recto et le verso du document.

A ma grande surprise, en jetant un coup d'œil au verso du parchemin, je vis que l'encre avait traversé le papier, révélant les mots latins "craterem" (cratère) et "terrestre" (terrestre). J'avais découvert le secret! Il suffisait de lire le document à l'envers.

Ebloui, les mains tremblantes, je commençai ma lecture. Mais quelle horreur, quel effarement quand je compris le terrible secret! C'était donc possible! Un homme avait donc osé . . . !?

Je pris immédiatement la décision de ne jamais révéler à quiconque le secret du parchemin.

—Jamais mon oncle n'apprendra ce terrible secret! Il entreprendrait immédiatement cet effrayant voyage que le message révélait. Rien ne l'arrêterait.

Je ne pouvais permettre une telle folie, ni risquer que mon oncle découvrît le message. Il fallait le détruire.

Je découvre le terrible secret.

VOYAGE AU CENTRE DE LA TERRE

J'allais jeter au feu les documents quand mon oncle pénétra dans la pièce. Il ne se rendit compte de rien jusqu'au moment où il me prit les documents et se mit à les examiner. A la pensée qu'il pourrait arriver bientôt à lire le parchemin et son effarant secret, j'avais la chair de poule.

Les heures passèrent sans que j'ose quitter la pièce. M'installant sur le canapé, je m'y endormis bientôt.

A mon réveil, mon oncle était toujours au travail. Les yeux rouges, les cheveux en désordre, les mains fiévreuses témoignaient de son labeur. Malgré mon affection pour mon oncle et ma pitié de sa souffrance, je ne pouvais dévoiler le terrifiant secret.

Toute la nuit, toute la matinée passèrent et il continua à étudier le parchemin; soudain, au début de l'après-midi, vers deux heures, il poussa un tel cri que je manquai tomber de mon canapé, où je me reposais toujours.

J'allais les jeter au feu.

VOYAGE AU CENTRE DE LA TERRE

—A l'envers! s'écria-t-il. A l'envers! Oh, quel rusé, ce Saknussemm! Puis il se mit à traduire le parchemin:

"Descends dans le cratère de Yocul de Sneffels, que l'ombre de Scartaris caresse, avant les calendes de juillet, audacieux voyageur, et tu parviendras au centre de la Terre. Je l'ai fait.

Arne Saknussemm"

Mon oncle fit un bond de trois pieds en l'air, puis se mit à courir partout dans la pièce, renversant tables et chaises, et jetant son livre en l'air. —Nous partons tout de suite! cria-t-il. Et tu partageras ma gloire.

—Nous partons? Pour où? demandai-je, craignant la réponse.

—Pour le centre de la Terre!

"A l'envers! A l'envers!"

Nous étudions une carte d'Islande.

Chapitre 2

Le début du voyage

Il ne fallut pas longtemps à mon oncle pour prendre sur l'étagère un recueil de cartes afin de m'expliquer le message de Saknussemm.

—Vois-tu, l'île est couverte de volcans, dit-il en me montrant une carte d'Islande, tous nommés Yocul, ce qui signifie "glacier" en islandais.

—Mais que signifie le mot "Sneffels?" demandai-je.

—Je savais que tu allais me le demander, répondit mon oncle. Suis mon doigt vers la côte occidentale, après la capitale, Reykjavík.

Je suivis son doigt.

—Là, poursuivit-il. Cette péninsule en forme de fémur, avec une montagne au centre. La vois-tu? C'est le Sneffels, dit-il avec une certaine satisfaction. Une montagne de 1.500 mètres qui nous donnera accès au centre de la Terre.

—Impossible! m'écriai-je.

—Et pourquoi? demanda le professeur.

—Parce que son cratère est probablement encombré de lave, de rochers enflammés et de nombreux dangers.

—Et s'il était éteint? demanda-t-il. Mort depuis des siècles?

—Certes, ce serait différent, admis-je. Mais Scartaris et les calendes de juillet?

—Cela nous prouve que Saknussemm connaissait bien la région, répondit mon oncle. Le Sneffels a deux pics et de nombreux cratères. Saknussemm nous indique le pic et le cratère qui nous intéressent. Il nous apprend qu'à la fin de juin, le soleil se trouve placé de telle

Voici le Sneffels

sorte dans le ciel que l'ombre du mont Scartaris, l'un des pics, tombe sur un cratère bien précis, celui qui nous donnera accès au centre de la Terre.

—Mais les théories sur la chaleur... commençai-je.

—Je m'en fiche! s'exclama-t-il. Ni toi, ni personne ne sait rien de l'intérieur de la Terre. La seule façon d'en apprendre les secrets est d'y aller nous-mêmes.

Laissant le professeur, j'allais voir Gretchen, sa filleule, que j'espérais épouser un jour. Bien que mon oncle m'ait prévenu de ne rien dire de notre aventure, il m'était impossible de la cacher à ma fiancée.

—Quel merveilleux voyage! dit-elle. Si seulement j'étais un homme, je pourrais t'accompagner. C'est une aventure digne du neveu du professeur Hardwigg. Oh, Harry Lawson, comme je t'envie!

Je pensais que Gretchen s'opposerait à ce voyage insensé, qu'elle me supplierait de ne

Je parle de notre aventure à Gretchen.

pas partir. Son approbation me porta le coup de grâce.

Je rentrai à la maison pour y trouver mon oncle très affairé.

—Dépêche-toi de faire tes valises! dit-il. Tu perds ton temps.

—Nous partons donc? demandai-je, dans l'espoir qu'il reviendrait sur sa décision.

—Nous partons après-demain, à l'aube.

Nous prîmes le train de Hambourg, en Allemagne, à Copenhague, au Danemark, puis un schooner pour Reykjavík, en Islande. La mer était mauvaise. Ce voyage éprouvant dura onze jours, dont nous passâmes la plus grande partie dans nos cabines, pâles et malades. Lorsque notre bateau arriva au port, mon oncle était si chancelant qu'il arriva à peine à monter sur le pont.

Mais quand il arriva sur le pont, son visage s'éclaira et il se redressa. Il se saisit de mon bras et le serra.

—Regarde! dit-il, montrant du doigt une

Onze jours de mal de mer

haute montagne à deux sommets. Voilà notre accès au centre de la Terre—le mont Sneffels!

Je souris faiblement, sans rien dire.

—Le plus difficile est fait, ajouta mon oncle alors que nous nous dirigions vers notre hôtel.

—Comment cela, le plus difficile? m'écriai-je.

—Oui, tout ce qui nous reste à faire est de descendre dans les entrailles de la Terre, me répondit-il calmement.

Cette réponse, je m'en souviendrai souvent dans les jours à venir!

Plus tard, ce soir-là, nous allâmes dîner chez un certain Fridriksson, l'un des plus érudits savants islandais. Lui cachant nos intentions réelles, nous lui expliquâmes que nous étions venus en touristes. Mais il nous parla d'Arne Saknussemm.

Et ce qu'il nous apprit nous permit enfin de comprendre pourquoi l'auteur avait rédigé le parchemin en code.

Mon oncle avait demandé à Fridriksson s'il

L'accès au centre de la Terre

y avait à la bibliothèque de Reykjavík des livres de Saknussemm.

—Vous n'en trouverez aucun ici, en Islande, ou ailleurs, répondit le savant.

—Pourquoi donc? demanda mon oncle.

—Parce que Saknussemm fut accusé d'hérésie, d'opposition aux croyances de l'Eglise, et que ses livres furent brûlés en public.

Mais pour passer à un sujet plus agréable, professeur Harwigg, j'espère que vous trouverez le temps, pendant votre visite, d'étudier certains de nos minéraux. Il y en a de très beaux sur le mont Sneffels.

—J'irai peut-être y faire un tour, répondit mon oncle, cachant avec peine sa joie.

—Ce voyage n'est malheureusement pas facile, reprit Fridriksson.

Il n'y a pas de bateaux pour traverser la baie. Il vous faudra y aller par la terre, en suivant la côte.

Mais le chemin est très intéressant. Pour y

Les livres de Saknussemm brûlés en public

arriver, il vous faudra un guide, et j'en connais un qui vous conviendra parfaitement. Demain matin, je vous le présenterai.

Le lendemain matin, j'entendis la voix de mon oncle dans la pièce à côté. Je l'y trouvai en compagnie d'un homme grand et fort auquel il me présenta. De longs cheveux roux, un regard énergique et intelligent: il me parut digne de confiance.

Hans Bjelke, car tel était son nom, accepta de nous emmener au Sneffels et de rester à notre service pendant les "recherches scientifiques" de mon oncle. Il ne se doutait certainement pas qu'il allait entrer dans l'histoire en nous accompagnant au centre de la Terre!

Les jours suivants se passèrent à rassembler l'équipement nécessaire. Outre les outils d'escalade habituels—piolets, barres de fer, échelle de soie, alpenstocks (bâtons ferrés), cordes résistantes—nous prîmes le matériel suivant: un thermomètre allant jusqu'à 150 degrés centigrades (318 degrés Fahrenheit),

Nous rencontrons notre guide, Hans Bjelke.

un manomètre pour mesurer la pression atmosphérique, une montre de bonne qualité, deux boussoles, des jumelles, et deux lanternes de Ruhmkorff avec leurs piles pour nous éclairer. Nous emportions aussi des armes, deux fusils et deux revolvers à six coups. Je n'en comprenais pas l'utilité, car nous n'avions à craindre ni animaux sauvages, ni indigènes féroces. Mais je conclus que mon oncle avait ses raisons de le faire.

Le ciel était couvert mais calme quand notre voyage commença.

—Qu'est-ce que je risque? raisonnai-je. Nous allons escalader une montagne et, au pire, descendre dans le cratère d'un volcan éteint. Il nous fallut dix jours entiers pour atteindre le pied du mont Sneffels. Nous montions, mon oncle et moi, deux chevaux; deux autres chevaux portaient notre matériel. Mais rien au monde n'aurait pu persuader Hans de monter sur le dos d'un animal, et il fit donc le voyage à pied.

Le voyage commence.

VOYAGE AU CENTRE DE LA TERRE

Le long du chemin, il fallut passer des montagnes grandes et petites, des landes et des fjords aux eaux bouillonnantes surmontées de falaises rocheuses hautes de milliers de mètres.

Hans nous guidait avec une telle aisance que je commençais à croire qu'il nous mènerait en effet n'importe où—et même au centre de la Terre.

Laissant les chevaux, nous commençâmes notre ascension du mont Sneffels en file indienne. Hans nous précédait par des chemins si étroits que deux hommes ne pouvaient y marcher ensemble. Ce n'était ni le lieu, ni le moment de parler, et nous grimpions en silence.

Le chemin devint de plus en plus difficile. Les rochers se détachaient sous nos pieds et dégringolaient la pente pour aller s'écraser dans la plaine. Il faisait très froid, et le vent soufflait violemment. Nous avancions avec précaution pour ne pas tomber, à l'exception de

L'ascension du mont Sneffels

Hans pour qui l'escalade ne semblait pas présenter plus de difficulté qu'une promenade en terrain plat.

Nous passâmes notre première nuit sur le versant du cratère, trop surexcités pour manger ou dormir. Mais le sommeil finit par venir, et le matin nous apporta une surprise: levant les yeux, nous vîmes que nous étions près du sommet de l'un des deux pics du Sneffels.

—Comment s'appelle ce pic? demanda mon oncle à Hans.

—Scartaris, répondit Hans avec sa brièveté habituelle.

Quelques heures plus tard, nous étions au sommet, au bord du cratère. Je contemplai ce trou conique large d'un demi-mille et me dis que descendre dans ce cratère était pénétrer dans la gueule d'un canon! C'était de la folie! J'avais l'impression d'être un agneau conduit au sacrifice.

Nous commençâmes notre descente dans

Début de la descente dans le cratère

l'énorme cratère conique, parmi les roches volcaniques et les couches de neige profonde. Nous étions attachés les uns aux autres par une longue corde pour éviter les accidents.

Vers midi, nous atteignîmes le fond du cratère, composé de trois puits distincts. C'était par ces puits, ou cheminées, que le Sneffels, lorsqu'il entrait en éruption, vomissait sa lave brûlante et ses vapeurs empoisonnées. Mon oncle courut examiner chacune des trois cheminées, ivre de joie. Hans, assis sur un tas de roches volcaniques, le regardait comme s'il était fou.

Soudain mon oncle poussa un cri sauvage.

—Harry, Harry, viens vite! C'est merveilleux!

J'accourus à ses côtés.

—Regarde! s'écria-t-il, désignant la paroi de pierre.

Je fis ce qu'il me disait et vis, gravé dans le rocher, le nom que j'aurais voulu ne plus jamais voir—Arne Saknussemm!

"Regarde!"

L'ombre tombe sur la cheminée centrale.

Chapitre trois

Dans les entrailles de la Terre

Nous dûmes attendre deux jours que le ciel s'éclaircisse et que le soleil se montre pour que l'ombre de Scartaris tombe sur l'une des cheminées. Si le soleil ne paraissait pas, il nous faudrait remettre notre voyage à l'année suivante.

Enfin, le ciel s'éclaircit, et à midi pile, les rayons du soleil projetèrent l'ombre de Scartaris sur la cheminée centrale.

—La voilà! s'exclama joyeusement mon oncle. Nous l'avons trouvée! En avant, mes amis. Le centre de la Terre nous attend!

VOYAGE AU CENTRE DE LA TERRE

Je regardai Hans pour voir comment il réagirait aux paroles de mon oncle. Mais il se contenta de prendre sa corde et de répondre calmement: —En avant.

Notre véritable voyage commençait. Devant le bord de la cheminée centrale, d'à peu près cent mètres de diamètre, je montai sur un rocher pour voir le fond.

Les parois de la cheminée descendaient presque à pic, comme les parois d'un puits, vers... le vide! Mes cheveux se hérissèrent, mes dents se mirent à s'entrechoquer, et mes bras et mes jambes étaient sans force. J'étais comme ivre.

Nous divisâmes nos provisions, notre matériel et nos instruments en trois paquets; chacun de nous en prit un sur son dos. Un ballot de vêtements et de cordes fut lâché dans la cheminée.

Nous commençâmes notre descente à l'aide d'une corde enroulée autour d'un gros bloc de lave au bord de la cheminée. Glissant vers

Notre vrai voyage commence.

l'obscurité, je réalisai qu'il y avait le long des parois de nombreux appuis naturels, qui nous aideraient dans notre descente.

Et pendant que je pensais aux dangers de notre descente, mon oncle me faisait un cours sur les différentes couches rocheuses.

Nous atteignîmes bientôt un rebord rocheux. Tirant l'un des bouts de la corde, Hans la fit se détacher du bloc de lave et tomber à nos pieds. Après quelques instants de repos, nous reprîmes notre chemin.

Notre descente durait depuis plus de trois heures et nous ne voyions toujours pas le fond; mais, jetant les yeux vers l'embouchure du cratère, nous vîmes qu'elle diminuait à mesure que nous descendions.

Après environ dix heures et demie de descente, soit 5.600 pieds ou un mille, une voix se fit entendre.

—Halte! cria Hans, qui était devant.

—C'est la fin du voyage, dit mon oncle.

—Comment? Nous sommes déjà arrivés au

Repos sur un rebord rocheux

centre de la Terre? dis-je.

—Mais non, imbécile! gronda-t-il. Nous sommes au fond du puits!

—Et nous ne pouvons pas aller plus loin? demandai-je, plein d'espoir, prêt à remonter aussitôt.

—J'aperçois un tunnel à droite, répondit mon oncle, anéantissant tous mes espoirs. Nous irons l'examiner demain. Mais maintenant, mangeons et essayons de dormir un peu.

Et c'est ce que nous fîmes sur nos lits de cordes et de vêtements.

A huit heures, le lendemain matin, une faible aurore nous éveilla.

La lumière qui venait de l'embouchure du cratère faisait briller les prismes de lave des parois et nous éclairait.

—Eh bien, Harry, dit mon oncle, as-tu jamais aussi bien dormi?

—Tout est calme, en effet, répondis-je, mais c'est un calme terrifiant. Il me semble que nous devrions nous arrêter.

Des lits de corde et de vêtements

VOYAGE AU CENTRE DE LA TERRE

—Comment peux-tu avoir peur, quand nous n'avons même pas pénétré d'un pouce dans les entrailles de la Terre?

—Comment cela? demandai-je, stupéfait.

—Regarde le baromètre, reprit-il. Tu verras que nous sommes à peu près au niveau de la mer. Souviens-toi que nous avons dû escalader les pentes du cratère; nous avons parcouru à peu près la même distance vers le bas.

Je vérifiai le baromètre qui me confirma ce que me disait mon oncle. Nous étions au niveau de la mer.

Mon oncle prit dans sa poche un petit carnet où il consigna ces notes, les premières d'une longue série:

"Lundi premier juillet, 8h17 du matin:

Baromètre, 29°; température, 43° Fahrenheit; direction, E.S.E."

Cette dernière indication était la direction que nous allions suivre en prenant le tunnel qui s'enfonçait dans la Terre.

—Et maintenant, Harry, nous allons faire

Premières notes avant bien d'autres

nos premiers pas vers les entrailles de la Terre, dit mon oncle, ces entrailles qu'aucun homme n'a vues depuis la création du monde.

Puis Hans et lui allumèrent les lanternes de Ruhmkorf qui leur pendaient autour du cou, et celles-ci illuminèrent immédiatement le sombre tunnel.

—En avant! cria mon oncle, et nous entrâmes dans le tunnel, Hans d'abord, puis mon oncle, et enfin moi.

Mais avant d'y entrer, je levai les yeux vers la faible lumière du ciel de l'Islande. Je ne devais jamais la revoir!

C'est alors que nos véritables difficultés commencèrent. Nous descendions une forte pente, heureusement couverte de cailloux et parsemée de fentes qui nous donnaient quelques prises. Malgré le poids de notre matériel et la raideur de la pente, nous avancions assez aisément, bien que lentement.

Les parois du tunnel nous révélaient une lave aux couleurs magnifiques, jaunes et

Nos lanternes illuminent le tunnel.

brunes. Des cristaux de quartz scintillaient à la lumière de nos lampes. Je fus surpris de ne pas sentir la chaleur augmenter à mesure que nous descendions—ou plutôt glissions—le long du tunnel. Après deux heures de marche, le thermomètre indiquait 54° Fahrenheit, 9 degrés de plus seulement.

A 8 heures du soir environ, nous fîmes halte. Les lanternes accrochées aux parois rocheuses nous éclairaient. Nous nous trouvions dans une vaste caverne. C'était superbe, et je m'émerveillais de la beauté des lieux et du fait que nous pouvions respirer avec facilité, même à cette profondeur.

Nous avions faim et commençâmes à manger, mais non sans une certaine inquiétude.

—Nous avons bu la moitié de notre provision d'eau, et nous n'avons encore pas vu de source, dis-je à mon oncle. Et il nous en reste à peine de quoi tenir trois jours.

—Ne t'inquiète donc pas, Harry, sourit mon

Inquiétude durant le repas

oncle. Nous en trouverons en abondance.

—Mais quand?

—Quand nous aurons traversé la croûte de lave.

—Si nous nous déplaçons horizontalement, droit devant nous, et non verticalement, vers le bas, il se pourrait que nous ne traversions jamais la croûte, dis-je.

—Qu'est-ce qui te fait penser que nous ne descendons pas? reprit mon oncle.

—Si nous étions descendus en dessous du niveau de la mer, la température serait considérablement plus élevée; mais elle a seulement augmenté de 15 degrés, ce qui me fait conclure que nous ne sommes pas descendus de beaucoup. Je dirais même que nous ne sommes pas descendus de plus de 1.125 pieds.

Le professeur se mit à rire. —Harry, mon garçon, serais-tu surpris d'apprendre que selon mes calculs, nous sommes actuellement à 10.000 pieds au moins en dessous du niveau de la mer?

10.000 pieds en dessous du niveau de la mer

J'étais stupéfait. —Comment est-ce possible? Alors, la température devrait être de 81 degrés!

Le professeur me montra ses calculs et ses dessins; il avait raison. Toutes les théories scientifiques en vigueur étaient donc fausses: la Terre ne se réchauffait pas au fur et à mesure que l'on y descendait!

La science se trompe.

Nous arrivons au bout du chemin.

Chapitre quatre

De plus en plus bas

Le jour suivant, le mardi 2 juillet, à six heures du matin, nous reprîmes notre route. Nous suivions le chemin que la lave en fusion avait créé il y a des milliers d'années, en sortant de la Terre. La descente était facile car la pente était douce. Après six heures de marche, Hans s'arrêta net. Nous le rejoignîmes bientôt.

—C'est la fin de ce chemin, dit mon oncle. Il avait raison, en effet. Nous étions au carrefour de quatre petits tunnels étroits qui se rejoignaient à l'endroit où nous nous tenions.

VOYAGE AU CENTRE DE LA TERRE

—Où allons-nous maintenant? demandai-je, espérant que la réponse serait: "nous remontons!"

Mais hélas, il n'en fut rien. Sans une hésitation, mon oncle désigna silencieusement le tunnel de l'est, dont nous empruntâmes sans plus attendre la sombre ouverture.

Le chemin descendait en pente douce, en faisant de nombreux détours. Nous passions parfois sous des arches telles qu'on les voit dans les églises—des arches qui semblaient s'envoler dans la caverne, à perte de vue. D'autres fois nous devions ramper le long d'étroits tunnels semblables aux galeries que creusent certains animaux.

Nous marchions, nous glissions, nous escaladions des tas de cailloux, nous dévalions des amas de lave.

A six heures du soir, après une dure journée de six milles de marche environ, nous n'avions parcouru qu'un seul mille de dénivelée.

Après un repas silencieux, enveloppés dans

Nous rampons le long d'étroits tunnels.

nos couvertures, nous nous endormîmes très vite.

Après une nuit de sommeil, nous étions frais et dispos, prêts à toutes les aventures qui nous attendaient.

Notre tunnel devint bientôt absolument horizontal, et parut même par moments se diriger vers le haut. Je trouvais cette marche fatigante et m'arrêtai; mon oncle me rejoignit et me demanda:

—Que se passe-t-il? Es-tu déjà fatigué, après trois heures de marche à peine?

—Mon oncle, ne voyez-vous pas que nous ne descendons plus? Nous remontons!

Il eut l'air stupéfait. —Comment est-ce possible? dit-il, examinant le tunnel en pente.

—Cela ne fait aucun doute, fis-je. Depuis une demi-heure, nous remontons. Si cela continue, nous allons nous retrouver en Islande.

Mon oncle fit non de la tête, ne voulant pas admettre qu'il s'était trompé en choisissant le tunnel de l'est. Sans me répondre, il reprit son

Nous remontons!

chemin, derrière Hans et devant moi. Je ne voulais pas les perdre de vue. J'avais grand-peur de me retrouver tout seul dans ce monde souterrain. De plus, je me disais que chaque pas nous rapprochait désormais de la surface. Quelle chance!

Vers midi, je remarquai que la composition des parois rocheuses commençait à changer. Ce n'était plus seulement de la lave, mais de la roche vive.

—Que se passe-t-il? me cria mon oncle, me voyant examiner la paroi.

—Ne voyez-vous pas les différentes couches de calcaire et les premiers signes de la strate d'ardoise? lui demandai-je.

—Et alors? fit-il, comme s'il attendait des explications.

—Nous sommes arrivés à la période de l'histoire du monde où les plantes et les animaux firent leur première apparition sur Terre, annonçai-je.

Sans dire un mot, le professeur jeta un re-

Premiers signes de vie sur Terre

gard à la paroi, puis reprit son chemin.

—Si nous avons laissé derrière nous les murs de lave, c'est que nous ne remontons pas vers le Sneffels, me dis-je. Et si j'ai raison, je devrais trouver bientôt des restes de ces plantes et de ces animaux primitifs.

Je me mis à chercher ces indices du passé. Mes pieds, accoutumés pendant de longues heures au dur sol volcanique, foulaient une sorte de poussière douce: les restes de plantes et de coquillages.

Soudain, je me baissai pour ramasser une carapace presque parfaite, que je courus montrer à mon oncle.

—Voyez-vous ce fossile? dis-je.

—Et alors? Tu as trouvé la carapace d'un crustacé disparu, qui ressemble beaucoup à notre homard actuel; rien de plus.

—Mais . . . commençai-je.

—Je sais, dit-il. Nous avons quitté le tunnel de lave, et il est possible que j'aie choisi le mauvais tunnel. Mais il nous faudra aller

La carapace d'un homard primitif

jusqu'au bout de celui-ci pour en être sûr.

Et il reprit son chemin.

Nous n'avions toujours pas trouvé d'eau, et nous dûmes nous rationner. Nos provisions d'eau ne dureraient certainement pas plus de trois jours. J'avais entendu parler des affres de la soif, et je savais que dans les lieux où nous nous trouvions, cela signifierait la fin rapide de notre voyage ... ET DE NOS VIES!

Toute la journée suivante, nous suivîmes l'interminable tunnel. Nous ne nous parlions plus; nous marchions en silence. Par instants le chemin remontait un peu, mais en général, il descendait en pente douce.

Nous continuions à voir de nombreux fossiles de plantes et d'animaux. Les strates ne changeaient pas, et je me mis à espérer qu'il se passerait soit une chose, soit l'autre: que nous atteindrions un puits profond qui nous ferait descendre rapidement, ou que nous nous heurterions à un mur aveugle, ce qui nous forcerait à rebrousser chemin.

Il faut rationner l'eau.

Mais quand le soir arriva, il ne s'était rien passé de tel.

Le vendredi, après une nuit où j'eus vraiment soif pour la première fois, nous reprîmes notre route. Après environ dix heures d'une lente marche le long de plusieurs tunnels, le reflet de nos lampes sur les parois pâlit. Je crus d'abord que les lanternes s'éteignaient; mais quand je passai ma main contre un mur, je vis que mes doigts étaient noirs comme de l'encre.

—Une mine de charbon! m'exclamai-je.

—Une mine de charbon sans mineurs, rétorqua mon oncle.

Nous nous arrêtâmes là pour dîner, mais j'avais tellement soif que je parvenai à peine à manger. J'attendis les quelques gouttes d'eau qui constituaient ma ration du soir. Les autres s'endormirent, mais je n'y parvins pas. Enroulé dans mes couvertures, je comptai les heures qui nous séparaient du matin.

A six heures nous nous remîmes en marche, traversant la mine de charbon, et vingt mi-

Les doigts noirs comme de l'encre

nutes plus tard arrivâmes dans un immense tunnel d'environ cent pieds de large sur cent cinquante pieds de haut. C'était une caverne naturelle, creusée par quelque séisme souterrain il y a des milliers d'années.

En contemplant cette extraordinaire caverne entièrement composée de charbon, je me sentis mal à l'aise. Que se passait-il donc? Soudain je compris! Mon nez avait détecté l'odeur du gaz. La caverne était remplie de ce gaz dangereux que les mineurs appellent "grisou". Une seule étincelle pouvait déclencher une explosion qui nous tuerait tous instantanément. Heureusement, nous nous éclairions avec des lanternes à piles, et non des torches à flammes nues, sinon nous serions déjà morts.

Nous quittâmes la caverne pour emprunter de nouveau le tunnel obscur. Il y faisait si sombre que je ne pouvais pas voir à quelques pieds de moi. Mon oncle perdait patience: il lui tardait que le tunnel commence à descendre. Il me semblait, quant à moi, que cela durerait

Le dangereux grisou

des mois. Soudain, à six heures, nous nous heurtâmes à un mur sans ouvertures. A gauche, à droite, au-dessus, au-dessous, il n'y avait aucune issue. C'était un cul-de-sac! Fixant le mur, immobiles, nous nous demandions ce que nous allions faire.

Finalement, mon oncle prit la parole. —Eh bien, tant mieux, dit-il. Au moins nous savons maintenant que ce n'est pas le chemin qu' Arne Saknussemm a emprunté. Il ne nous reste qu'à rebrousser chemin. Reposons-nous ce soir, et dans trois jours au plus, nous serons de retour au carrefour des quatre tunnels.

—Si nous en avons la force, dis-je avec une certaine amertume. Demain il ne nous restera plus une goutte d'eau. Il n'y en a presque plus.

—Et que reste-t-il de ton courage? me demanda-t-il sévèrement.

Que pouvais-je dire? Je me retournai et m'endormis pour rêver que je buvais. J'aurais échangé sans hésitation une mine d'or pour un seul verre d'eau fraîche.

Un cul-de-sac

Le pénible chemin du retour

Chapitre 5

Où est l'eau?

Le jour suivant, nous partîmes très tôt. Nous ne pouvions pas nous permettre le moindre retard. Selon mes calculs, il nous faudrait cinq jours pour regagner le carrefour des tunnels.

Il m'est impossible de décrire les souffrances qu'il nous fallut endurer sur le chemin du retour. Mon oncle souffrait en silence, enfin convaincu qu'il avait fait une grave erreur en choisissant le tunnel de l'est. Hans acceptait tout ce qui lui arrivait avec la force tranquille qui le caractérisait. Quant à moi, je dois avouer que je ne cessai pas de me plaindre de l'horrible situation où nous nous trouvions.

Comme je m'y attendais, notre provision d'eau fut épuisée le premier jour. J'étais si fatigué qu'à plusieurs reprises je faillis m'effondrer sur le sol caillouteux.

Quand cela m'arriva en effet, Hans et mon oncle s'arrêtèrent et essayèrent de me réconforter. Mais je voyais bien que la fatigue et le manque d'eau torturaient mon oncle tout comme moi.

Il vint un moment où je marchais sans penser, sans sentir; je ne me souviens plus de cette période, sinon que c'était un terrible cauchemar.

Enfin, à dix heures du matin, le mardi 8 juillet, après de longues heures passées à ramper dans le tunnel, plus morts que vifs, nous arrivâmes au carrefour des quatre tunnels.

Je restai couché comme un chien sur la lave dure et sèche, incapable de me lever. Gémissant et soupirant, je finis par perdre connaissance.

Couché sur la lave dure et sèche

VOYAGE AU CENTRE DE LA TERRE

Bientôt je sentis que mon oncle me prenait délicatement dans ses bras. A travers le brouillard qui enveloppait mon cerveau, je l'entendis dire tristement: "Pauvre garçon!"

J'essayai de lui répondre mais n'y parvins pas. Je ne pus que serrer sa main tremblante pour lui montrer que j'allais mieux. Il se pencha et prit sa gourde, qu'il porta à mes lèvres.

—Bois, mon pauvre garçon, bois! me dit-il.

Qu'est-ce que j'entendais? Mon oncle était-il devenu fou? Mais avant que je puisse me poser ces questions une seconde fois, une gorgée d'eau venait rafraîchir mes lèvres et ma gorge asséchées.

—Une gorgée d'eau, l'ultime gorgée, que j'ai gardée pour toi au fond de ma gourde. Vingt fois, cent fois j'ai dû résister à la tentation de la boire. Je savais que lorsque nous arriverions ici, tu en aurais besoin pour continuer.

—Merci, mon cher oncle, m'écriai-je. Merci du fond du cœur. Et de grosses larmes coulaient le long de mes joues fiévreuses.

Notre ultime gorgée d'eau

Mon oncle me sourit avec douceur.

—Eh bien, dis-je, cela ne fait plus de doute: nous n'avons plus d'eau, donc nous ne pouvons pas continuer notre route. Retournons au mont Sneffels.

—Retourner? fit mon oncle, pour lui-même plutôt que pour nous. C'est donc ainsi?

—Oui! criai-je, retourner, et tout de suite. Il n'y a pas un moment à perdre.

—Ainsi, mon cher Harry, reprit le professeur après un instant de silence, ces quelques gouttes d'eau ne t'ont pas redonné ton énergie ou ton courage?

Je n'en croyais pas mes oreilles. —Vous n'êtes donc pas découragé, mon oncle?

—Quoi! hurla-t-il. Abandonner au moment où nous allons enfin réussir? Jamais! Il ne sera jamais dit que le professeur Hardwigg a abandonné!

—Alors nous devons accepter la mort, dis-je calmement.

—Non, me dit mon oncle. Va-t'en, repars

Abandonner? Jamais!

avec Hans. Je continuerai tout seul.

—Vous nous demandez de vous laisser?

—Laissez-moi! Je terminerai ce voyage, ou je ne reverrai jamais la surface de la Terre. Et maintenant, partez.

Je n'arrivais pas à croire ce que mon oncle me disait. Hans contemplait silencieusement cette scène. J'allai vers lui et lui pris la main, mais il resta de marbre. Je lui montrai du doigt le chemin du mont Sneffels, au-dessus de nos têtes.

L'Islandais fit doucement "non" de la tête et désigna mon oncle.

"Maître", dit-il calmement.

—Le maître est fou! m'écriai-je. Il faut l'entraîner de force!

M'entends-tu?

Mais bien que je lui secouasse furieusement le bras, Hans ne bougeait pas d'un pouce.

Alors mon oncle prit la parole avec douceur mais fermeté, ce qui m'arrêta immédiatement.

—Mon bon Harry, calme-toi. Ecoute ce que j'ai

Je supplie Hans de m'aider.

à te dire.

Je me rassis, croisai les bras et le regardai droit dans les yeux.

—Le manque d'eau est le seul obstacle à la réussite de notre voyage, dit-il. Nous n'avons pas pu en trouver jusqu'à présent.

Cependant, pendant que tu étais inconscient, j'ai exploré les entrées des trois autres tunnels, et j'ai découvert que l'un d'entre eux descend tout droit dans les entrailles de la Terre. Si nous le suivons, il nous mènera directement à la couche rocheuse qui contient sûrement des sources. Nous aurons toute l'eau que nous voulons dans quelques heures.

Je ne répondis rien.

—Un jour de plus, c'est tout ce que je demande, ajouta-t-il. Si nous ne trouvons pas d'eau à la fin de cette journée, j'abandonnerai, et nous remonterons à la surface.

Je savais tout ce que ce voyage signifiait pour mon oncle et combien de risques il prenait en nous faisant cette offre. Il me fallait

Le professeur demande une journée de plus.

donc accepter cette journée de plus.

Nous commençâmes alors notre deuxième descente, dans la cheminée de l'ouest, cette fois. Le tunnel que nous empruntions était une fissure probablement causée par le refroidissement de la Terre au commencement de son existence. Pour un géologue, c'était un paradis de spécimens rocheux jamais vus auparavant par l'homme. J'aurais pu passer des journées entières à regarder et à toucher ces roches, avec leurs veines de cuivre, de manganèse, de platine et d'or.

Il était maintenant huit heures et nous n'avions toujours pas trouvé d'eau. Mes souffrances étaient horribles, mais mes oreilles guettaient le bruit d'une source. J'écoutais de toutes mes forces, mais je n'entendis pas le moindre murmure de source.

Soudain, je sentis un froid mortel m'envahir. Mes jambes ne me portaient plus. Mes yeux ne voyaient plus. Je poussai un cri de désespoir et tombai à terre. —A l'aide, à l'aide, je meurs!

A l'écoute de la source

Juste avant que mes yeux ne se ferment, je vis mon oncle debout devant moi, le visage ravagé de douleur et de souffrance. —Tout est fini, dit-il calmement.

Quand je rouvris les yeux, je vis mon oncle et Hans couchés près de moi, enveloppés dans leurs couvertures. Etaient-ils endormis ou morts? Je ne pouvais pas dormir. J'étais obsédé par l'idée des milles d'écorce terrestre qui me surmontaient, pesant sur moi comme un manteau géant... m'écrasant sur mon lit de granit.

J'attendis pendant des heures, dans un silence de tombe. Soudain je vis que quelque chose bougeait. Hans s'éloignait de notre campement, une lampe à la main.

—Hans nous quitte! m'écriai-je. Hans! Reviens, si tu es un homme!

J'eus immédiatement honte de mes soupçons. Hans descendait le tunnel, il ne le remontait pas: il devait chercher l'eau qui nous sauverait. Avait-il entendu, dans le silence de la terre, le bruit d'une source?

Hans, reviens!

Le retour de Hans

Chapitre 6

Le Hansbach

Hans n'était toujours pas de retour après une heure, et je me mis à imaginer ses raisons de nous quitter, toutes plus démentes les unes que les autres. Je devais être à moitié—ou complètement—fou.

Soudain, j'entendis des pas dans le tunnel et vis la lumière de la lanterne de Hans briller sur les parois.

S'approchant de mon oncle, Hans le réveilla doucement.

Mon oncle se leva tout de suite, demandant: "Eh bien?"

—De l'eau, répondit Hans, sans la moindre émotion.

—De l'eau, de l'eau! m'écriai-je follement, en faisant des bonds et en frappant des mains.

—Où? demanda mon oncle.

—Plus bas.

Nous nous préparâmes bien vite, et, en peu de temps, nous avions entamé notre rapide descente dans le tunnel.

Une heure plus tard, nous avions progressé de mille yards et nous étions descendus de deux mille pieds. C'est alors que j'entendis un bruit familier—une sorte de grondement sourd, comme celui d'une cascade lointaine.

—Hans avait raison, s'écria joyeusement mon oncle. C'est le grondement de l'eau courante.

—Sans aucun doute? demandai-je, n'osant pas en être certain.

—Pas le moindre, répondit mon oncle. Une rivière souterraine coule quelque part près de nous.

De l'eau, de l'eau!

VOYAGE AU CENTRE DE LA TERRE

Tout d'abord, il nous sembla que la rivière coulait au-dessus de nos têtes, puis le son nous parvint du mur de gauche. Je touchai la dure paroi rocheuse, espérant y trouver une trace d'humidité ou la fraîcheur de l'eau. Mais je n'y rencontrai que le roc lui-même.

Nous avancions le long du tunnel; une demi-heure passa, puis une heure. Nous entendions toujours l'eau, mais elle était si profondément enfoncée dans le dur rocher que nous ne pouvions ni la voir, ni la toucher.

D'autres instants passèrent. Le bruit de l'eau semblait plus faible; il devint évident que nous nous éloignions de la rivière, et nous rebroussâmes chemin pour revenir à l'endroit où le son était le plus fort. Là, nous regardâmes silencieusement le mur.

Après quelques instants, le visage de Hans s'éclaira d'un sourire. Se dirigeant vers la paroi, il y colla son oreille et sourit de nouveau. Puis il se saisit d'une barre de fer et s'attaqua au mur à trois pieds du sol.

Hans s'attaque au mur.

—Sauvés! m'écriai-je. Nous sommes sauvés!

—Oui, cria mon oncle, encore plus agité que moi. Hans a raison. Sans lui, nous n'y aurions jamais pensé.

Après une heure de travail avec sa barre, Hans avait pratiqué dans la paroi un trou large de six pouces et profond de deux pieds. Le trou ne pouvait pas être plus large, sous peine de faire s'écrouler la paroi sur Hans—et sur nous.

L'attente était terrible. J'avais l'impression que je goûtais cette eau, si bien que ma gorge et mes lèvres me semblaient encore plus desséchées qu'avant.

Mon oncle et moi nous apprêtions à nous mettre au travail nous aussi, malgré le danger, quand un sifflement sonore se fit entendre. Il était le bienvenu! Un jet d'eau jaillit alors du mur avec tant de force qu'il alla frapper le mur d'en face.

Hans poussa un cri de douleur. Je ne comprenais pas pourquoi, mais lorsque je plongeai

Un jet d'eau jaillit du mur.

les mains dans l'eau étincelante, je les en retirai avec un violent cri de douleur.

—Elle est bouillante! m'écriai-je dans ma déception et ma souffrance.

—Ne t'inquiète pas, me dit mon oncle; elle refroidira bientôt.

Mon oncle avait raison. En peu de temps, une quantité suffisante de liquide avait refroidi pour nous permettre de boire à longs traits. Nous avions tellement soif que nous ne faisions même pas attention au goût de l'eau; ce n'est qu'après que je réalisai qu'elle était minéralisée.

—Puisque nous sommes les premiers à découvrir ce cours d'eau, dit mon oncle, je trouve que nous devrions lui donner le nom de Hans.

—D'accord, dis-je.

Nous appelâmes donc le ruisseau "Hansbach", ruisseau de Hans.

Je voulais remplir nos gourdes du précieux liquide, mais mon oncle m'expliqua que le ruisseau nous suivrait dans notre descente et nous

Nous nous jetons sur l'eau.

rafraîchirait quand nous en aurions besoin.

—Alors rien ne s'oppose à ce que nous continuions notre voyage, dis-je.

—Ah, mon garçon, fit mon oncle en riant, tu finis par croire que ce voyage est possible.

—Non seulement il est possible, mon oncle, répliquai-je, mais nous réussirons, j'en suis sûr. Continuons notre descente!

Mais mon oncle n'était pas prêt. —Un moment, dit-il. C'est la nuit, et nous devrions dormir un peu avant de repartir.

Au réveil, le lendemain matin, un jeudi, j'avais oublié toutes mes souffrances passées. Après avoir pris un solide petit déjeuner, et bu tout notre soûl (l'eau avait refroidi pendant toute la nuit), nous reprîmes notre marche à huit heures du matin.

Le tunnel descendait en lacets vers le nord-ouest, d'après la boussole de mon oncle. Ce jour-là et le jour suivant, le tunnel était pratiquement horizontal, à part quelques passages escarpés. Le vendredi 10 juillet au soir,

Le tunnel descend.

nous estimions que notre position était à 90 milles au sud-est de Reykjavík, en Islande, et à peu près à sept milles et demi de profondeur. Et c'est alors que nous eûmes une surprise inattendue.

Sous nos pieds s'ouvrait un puits profond, effrayant, qui s'enfonçait tout droit dans la Terre.

Mais il ne faisait pas peur à mon oncle.

—Regarde! s'écria-t-il, jubilant; ces rebords rocheux nous serviront d'escaliers et nous guideront loin dans les entrailles de la Terre.

Hans sortit nos cordes, et nous commençâmes notre descente dans le puits. En fait, il s'agissait d'un escalier en spirale comme on en trouve dans certaines maisons. Les géologues avertis que nous étions avions déjà effectué des parcours semblables, et une fois la descente commencée, elle ne nous parut pas si terrible.

Mais nos mollets nous faisaient mal après un moment, et il fallut s'arrêter toutes les

Nous descendons un escalier en spirale.

quinze minutes. En nous reposant, nous pouvions manger et boire, car les eaux du Hansbach nous accompagnaient le long du puits.

Les deux jours suivants, samedi et dimanche, nous poursuivîmes notre descente dans l'escalier en spirale, qui nous conduisit six milles plus avant dans la terre. Nous étions à environ quinze milles en dessous du niveau de la mer.

Le lundi, cependant, vers midi, la pente du puits s'adoucit, et le chemin devint plus facile.

Le mercredi 15 juillet, nous étions à 21 milles en dessous du niveau de la mer. Mon oncle calcula que nous étions environ à 150 milles du Sneffels, d'où nous étions partis 15 jours auparavant.

—Si vos calculs sont exacts, mon oncle, dis-je, nous ne sommes plus sous l'Islande.

—En es-tu sûr?

—Il est facile de s'en assurer, répliquai-je en sortant carte et boussoles.

Après de soigneux calculs, je tendis une

Où sommes-nous?

carte à mon oncle. —Voyez, dis-je, ces 150 milles vers le sud-est nous amènent sous l'océan.

—Sous l'océan! s'écria mon oncle, ravi.

—Absolument. Les flots de l'océan sont au-dessus de nos têtes en ce moment précis.

Cette idée ne me plaisait guère—l'Atlantique tout-puissant reposait sur le toit de granit qui m'abritait!

Trois jours plus tard, le samedi 18 juin, nous arrivâmes dans une vaste grotte—une sorte de caverne souterraine. Mon oncle décida que, comme le jour suivant était un dimanche, nous nous reposerions.

Nous arrivons dans une vaste grotte.

Le petit déjeuner dans la grotte

Chapitre 7

Tout seul et perdu!

Le dimanche matin, je me réveillai sans me presser, puisque nous n'allions pas reprendre notre chemin ce jour-là.

La grotte où nous nous trouvions était une magnifique et immense salle. Le Hansbach y coulait doucement sur un sol granitique. L'eau était maintenant si loin de sa source brûlante que nous pouvions désormais la boire sans attendre.

Après le petit déjeuner, mon oncle mit de l'ordre dans ses notes. —Lorsque nous serons de retour, dit-il, je veux établir une carte de nos explorations. Ce sera une coupe de la Terre, telle que nous l'avons découverte lors de notre voyage.

—Pensez-vous y arriver avec précision? demandai-je.

—Je tiens depuis notre départ des graphiques de la direction et de l'inclinaison de notre trajet, répondit-il. Je suis sûr de ne pas m'être trompé. Nous avons parcouru 250 milles.

Il se remit à faire des calculs, puis ajouta:
—Et nous sommes descendus de 50 milles.

—50 milles! m'écriai-je. Selon les spécialistes, c'est l'épaisseur de l'écorce terrestre tout entière!

—C'est ce que l'on dit en effet, fit mon oncle.

—Mais alors, à cette profondeur, selon toutes les lois scientifiques, la température devrait être de 1.500 degrés!

—DEVRAIT être, dit mon oncle. Mais tu vois bien, mon garçon, qu'il n'en est rien, car si c'était le cas, ces roches granitiques fondraient. Tu vois donc que, comme dans bien des cas, les

Le professeur fait d'autres calculs.

faits passent avant les théories scientifiques.

—Je suis d'accord, fis-je, mais je suis tout de même surpris, car la température ici est de 27,6 degrés. Permettez-moi de tirer une conclusion de ces faits.

—Vas-y, me dit le professeur.

—Disons que la distance de la surface au centre de la Terre est d'environ 4.800 milles, commençai-je.

—C'est exact, fit mon oncle.

—Et nous avons parcouru à peu près 50 de ces 4.800 milles, continuai-je. Il nous a fallu 20 jours pour y arriver.

—Oui, oui; continue.

—Si nous continuons comme ceci, plus horizontalement que verticalement, j'en conclus qu'il nous faudra environ cinq ans et demi pour arriver au centre de la Terre!

Mon oncle souleva une objection. —Comment sais-tu que ce tunnel ne va pas se diriger tout droit vers le bas, sans ces passages horizontaux qui nous ont coûté tant de temps?

Je tire une conclusion des faits.

VOYAGE AU CENTRE DE LA TERRE

Je n'en savais rien.

—Tu oublies aussi, reprit-il, qu'un autre homme a accompli ce voyage. Pourquoi aurait-il réussi, si nous sommes condamnés à échouer?

Je ne savais toujours pas que répondre, mais je savais qu'au seizième siècle, à l'époque des explorations de Saknussemm, ni le manomètre ni le baromètre n'avaient été inventés. Comment avait-il donc pu savoir qu'il avait atteint le véritable centre de la Terre? Je ne communiquai pas mon objection à mon oncle. Ce n'était pas la peine de l'irriter. Je décidai donc de le suivre dans toutes les aventures où il voudrait m'entraîner. Après tout, il me fallait bien admettre que notre voyage se déroulait somme toute assez bien et que le but en valait la peine.

Pendant les deux semaines qui suivirent ce dimanche de repos, la pente devint de plus en plus abrupte, de plus en plus effrayante.

En fait, elle était parfois presque à pic, et il

Saknussemm a-t-il été au centre de la Terre?

nous fallut nous servir de nos cordes. Mais nous avancions vite, parcourant certains jours cinq ou six milles de notre parcours vers le centre de la Terre.

Pendant ces semaines, rien d'intéressant ne se produisit. Mais ce qui se passa ensuite fut si terrible que je ne l'oublierai jamais; en fait, quand j'y pense, je tremble de peur et mon sang se fige dans mes veines.

C'était le 7 août. Nous étions à peu près à 600 milles au sud-est de l'Islande. Notre descente continuelle nous avait entraînés à 90 milles de profondeur. Au-dessus de nos têtes, il y avait presque 100 milles de rochers, d'eau, de continents, de villes et d'êtres humains.

Ce jour-là, le tunnel était devenu presque horizontal. Je marchais devant, portant une des lanternes. Mon oncle me suivait avec une autre lanterne, et Hans fermait la marche.

J'étais occupé à étudier les différentes couches de roches granitiques sur mon chemin, et ce travail m'absorbait tant que je

Le tunnel devient horizontal.

ne faisais attention à rien d'autre. Tout à coup, je me retournai pour dire quelque chose à mon oncle... et me retrouvai tout seul!

—Bon, me dis-je, j'ai dû aller trop vite. Ou peut-être Hans et mon oncle se sont arrêtés pour se reposer. Le mieux à faire est de retourner sur mes pas pour les retrouver.

Je rebroussai donc chemin pendant environ un quart d'heure. Mal à l'aise, je m'arrêtai et jetai un coup d'œil anxieux à la ronde. Personne en vue.

Je criai le plus fort possible: "Oncle! Hans!"

La seule réponse fut l'écho de ma voix répercutée par ces terribles murs de pierre. Un frisson glacé me secoua, et la sueur jaillit de mes pores.

—Je dois rester calme, me dis-je tout haut, pour essayer de chasser mes appréhensions. Je suis sûr de les trouver. Il ne peut y avoir qu'un chemin. Je dois remonter le tunnel.

Je remontai le tunnel pendant une demi-heure. Aucun signe de mon oncle ou de Hans.

"Oncle! Hans!"

A mes appels, seul l'écho répondait.

Je finis par m'arrêter. Il m'était difficile de me rendre compte que j'étais seul, que par ma faute, je m'étais perdu. —Allons, allons, me dis-je, il n'y a qu'un chemin, et nous nous rencontrerons forcément bientôt. Mais ma voix ne me semblait plus bien convaincante.

Mais il n'y avait aucune raison de paniquer, tant que j'avais le Hansbach. Je remonterais le cours de ma fidèle petite rivière et retrouverais la sortie, s'il le fallait. Je me penchai pour plonger les mains dans les eaux rafraîchissantes de mon petit cours d'eau... mais mes mains ne heurtèrent que la route granitique dure et poussiéreuse. Je réalisai avec horreur que le cours d'eau qui devait me sauver... avait disparu!

Le Hansbach . . . a disparu!

Enterré vivant

Chapitre 8

Enfin, des voix!

Aucun mot ne peut décrire la terreur totale qui m'envahit. J'étais enterré vivant, tout seul, à 100 milles de profondeur, et je ne pouvais attendre que la mort—la terrible mort lente de la faim et de la soif.

A tâtons, je promenai mes mains sur le roc dur et sec. —Comment ai-je pu perdre la rivière? me demandai-je sans cesse.

Il était évident maintenant que lorsque nous nous étions arrêtés il y a quelque temps, le Hansbach avait dû emprunter un tunnel, tandis que sans m'en rendre compte, j'en avais pris un autre.

Où étaient mon oncle et Hans? Etaient-ils allés de l'avant? Etaient-ils retournés sur leurs pas?

—Perdu! Perdu! Perdu! m'écriai-je.

Et les parois me renvoyaient mes paroles comme pour me rappeler cruellement mon sort.

J'étais perdu à une profondeur qui paraissait démesurée à mon esprit enflammé. Ces 100 milles d'écorce terrestre au-dessus de moi pesaient si lourdement sur mes épaules qu'ils semblaient m'écraser. L'homme le plus sain d'esprit en serait devenu fou!

—Oh, mon oncle! criai-je, torturé. Oh, Gretchen! Est-ce que je vous reverrai un jour?

Quand je compris que je ne pouvais plus rien attendre des hommes, et sachant que je ne pouvais rien pour moi-même, je demandai de l'aide au Ciel. Je me mis à prier.

Cette prière me calma un peu, et je commençai à réfléchir intelligemment à la situa-

Je demande de l'aide au Ciel.

tion où je me trouvais.

J'avais sur moi à peu près trois jours de vivres, et ma gourde était pleine. Mais une seule chose était claire—il me fallait retrouver mes compagnons. Mais où aller? Vers le haut ou vers le bas? Je décidai finalement de remonter.

Ce faisant, j'espérais atteindre l'endroit où j'avais laissé le Hansbach et choisi le mauvais tunnel. Là, je retrouverais sûrement le ruisseau et, si besoin, le chemin du retour.

Après un léger repas, je commençai ma marche. En chemin, j'examinai les saillies rocheuses des parois, espérant les reconnaître.

Mais je dus bientôt admettre que ce chemin ne pouvait pas être le bon. Après une longue montée, je me heurtai à une muraille de pierre massive! Impossible d'aller à droite, à gauche, ou en haut.

Je m'effondrai sur le dur sol rocheux. Mon dernier espoir avait disparu. Je ne retrouverais jamais le Hansbach, mon oncle ou Hans.

Mon dernier espoir disparaît.

VOYAGE AU CENTRE DE LA TERRE

J'étais condamné à mourir dans cette tombe de pierre. Mon désespoir était inexprimable.

J'essayai d'appeler à l'aide, mais seuls de rauques cris de bête sortirent de ma bouche desséchée. Puis une horreur nouvelle s'empara de moi. J'avais cassé ma lampe en tombant. Sa lumière alla en s'affaiblissant puis, avec un dernier vacillement, s'éteignit— la dernière lumière que je verrais jamais!

Un appel à l'aide affolé s'échappa de mes lèvres. Mais personne ne me répondit. La folie avait dû m'envahir. Je me levai et me mis à descendre la pente en courant, criant de toutes mes forces, hurlant, grondant, rugissant. Je me jetai contre des rochers pointus le long des murs, je tombai à plusieurs reprises, pour me relever couvert de sang.

Je courus ainsi pendant des heures, jusqu'à ce que, épuisé, je m'effondre lourdement dans un tunnel et perde connaissance!

Quand je revins enfin à la vie, j'étais couché par terre dans l'obscurité. Les larmes

Ma lampe s'éteint.

coulaient le long de mon visage et le sang de tout mon corps... Pourquoi n'étais-je pas mort? J'étais encore en vie, et cela me donna quelque espoir. Puis, alors que j'allais perdre de nouveau connaissance, j'entendis un sourd grondement qui semblait venir de la roche au-dessus de ma tête.

J'écoutai de toutes mes forces un long moment, espérant entendre de nouveau ce bruit, et découvrir son origine. Une explosion de gaz? La chute d'une pierre?

Soudain, mon oreille, accidentellement placée contre le rocher, perçut de nouveau le son. —Impossible! m'écriai-je, c'est une hallucination!

Je collai mon oreille au mur. Oui, c'étaient bien des voix humaines, sans aucun doute: les voix de mon oncle et de Hans!

—Au secours! hurlai-je de toutes mes forces. A l'aide! Je me meurs!

J'attendis la réponse en vain. Je commençais à craindre que ma voix affaiblie ne

J'entends des voix au loin.

puisse pas atteindre mes compagnons.

—Ce sont eux, m'écriai-je. Il ne peut pas y avoir d'autres hommes qu'eux à cent milles de profondeur!

Rampant contre le mur, j'appelai de toutes mes forces "Oncle! Hans!"

Un moment passa, qui me parut un siècle.

Et soudain ces mots bénis me parvinrent:
—Harry, mon garçon, est-ce toi?

Il y avait un court délai entre les questions et les réponses.

—Oui, oui!

—Où es-tu?

—Perdu!

—Et ta lampe?

—Eteinte.

—Mais le ruisseau, le Hansbach?

—Je l'ai perdu.

—Ne te décourage pas, Harry; nous allons faire de notre mieux pour te sauver.

—Ne m'abandonnez pas, mon oncle! Continuez à me parler!

Harry appelle de toutes ses forces.

—Courage! répondit mon oncle. Nous te cherchions à l'avant et à l'arrière du tunnel; je craignais t'avoir perdu pour toujours.

Nous pouvons nous entendre grâce à une étrange propriété acoustique de ces tunnels; il se peut que nous soyons en réalité très éloignés. Mais n'aie pas peur, mon petit, nous te trouverons.

—Mon oncle, dis-je, le cœur battant, il faudrait calculer la distance qui nous sépare.

—Oui, bien sûr!

—Avez-vous votre montre?

—Oui, je l'ai, répondit-il.

—Prenez-la et appelez-moi. Notez la seconde exacte où vous m'appelez. Je vous répondrai dès que j'entendrai votre voix.

Notez alors la seconde exacte où vous entendrez ma voix.

—Très bien; le temps qu'il faudra pour que ma voix te parvienne me permettra de calculer la distance entre nous. Je suis prêt.

Je mis l'oreille contre le mur et, dès que j'en-

Ne te décourage pas!

tendis mon nom, le répétai à la paroi. Puis j'attendis.

—Quarante secondes, dit mon oncle. Vingt secondes de chaque côté.

Sachant que la vitesse du son est de 1.020 pieds par seconde, cela fait 20.400 pieds, environ cinq milles.

Ce fut comme un arrêt de mort. —Cinq milles! murmurai-je, au désespoir.

—Nous te trouverons, n'aie crainte, me cria mon oncle.

—Comment saurez-vous s'il faut descendre ou monter?

—Nous devons descendre tous deux, répondit-il. Nous sommes dans deux tunnels séparés qui descendent se rejoindre dans une immense caverne. Si tu peux marcher, dirige-toi vers le bas et nous nous rencontrerons sûrement.

Ces paroles me redonnèrent un peu de courage. Je me relevai, mais je n'avais pas la force de marcher. Je me traînai le long du tun-

A cinq milles l'un de l'autre!

nel quand la pente devint si abrupte que j'eus peur de tomber. Je m'accrochai aux murs, penché très en arrière, mais en vain.

Soudain, je me sentis tomber dans un tunnel sombre, presque un puits. Ma tête heurta un rocher et je perdis connaissance. C'était la fin: la Mort s'était emparée de moi.

Je tombe dans un tunnel obscur.

Je reprends connaissance.

Chapitre 9

La mer centrale

Quand je repris connaissance, je me trouvais allongé sur d'épaisses couvertures. Gémissant, j'ouvris les yeux pour voir mon oncle me regarder, en larmes.

—Il vit! il vit! s'écria-t-il.

—Oui, mon bon oncle, chuchotai-je.

Hans nous rejoignit. "Bonjour", fit-il.

—Où sommes-nous? demandai-je. Quel jour sommes-nous? Que s'est-il passé?

—Nous sommes le dimanche 9 août à 11 heures du soir, me répondit-il. Ta tête est bandée et tu dois dormir. Je te raconterai tout demain.

Je réalisai en fermant les yeux que cette périlleuse aventure dans une obscurité complète avait duré quatre jours!

Le lendemain, au réveil, je vis que le sol de la caverne était couvert d'un sable doux et argenté, et le plafond orné de magnifiques stalactites brillant de toutes les couleurs de l'arc-en-ciel. Nulle torche ne l'éclairait, mais il ne faisait pas sombre; je m'imaginai même entendre le soupir du vent et les vagues se brisant sur une plage. C'était bien sûr impossible à 100 milles sous terre.

Etait-ce un rêve? Une fissure gigantesque dans la croûte terrestre avait-elle laissé entrer la mer et le vent? Mon oncle avait-il abandonné son expédition pour me ramener à la surface? Mon oncle vint interrompre mes méditations.

—Bonjour, Harry; tu as l'air d'aller mieux. Hans a soigné tes blessures à l'aide d'une certaine pommade, et elles sont presque guéries.

Est-ce un rêve?

Et maintenant, voudrais-tu manger un morceau?

J'avais faim pour la première fois depuis longtemps. Durant le repas, mon oncle m'expliqua qu'après une chute presque verticale le long du tunnel, j'avais atterri dans ses bras!

—C'est par miracle que tu es encore en vie, dit-il. Ne nous séparons jamais plus.

Je le regardai avec stupéfaction. Le voyage n'était donc pas fini?

—Mais nous sommes à la surface, n'est-ce pas?

—Absolument pas.

—Je dois être fou, alors, car je vois le jour, j'entends le vent et la mer.

Mon oncle sourit et me dit: —C'est exact. Mais je ne peux rien t'expliquer; viens voir.

—Allons-y, criai-je, dans ma hâte de satisfaire ma curiosité.

—Un instant. Te sens-tu mieux? Après tout, la mer est agitée, et il te faut toutes tes forces pour la traversée.

Nous voyons le jour.

VOYAGE AU CENTRE DE LA TERRE

—Quelle traversée? m'écriai-je.

—Tu verras. Tiens-toi prêt à embarquer demain pour un long voyage.

M'embarquer où, comment? Ma curiosité était dévorante. Je me précipitai hors de la caverne.

Tout d'abord, je ne pus rien voir car je n'avais plus l'habitude de la lumière et je dus fermer les yeux. Mais quand je les ouvris, je fus stupéfait.

—La mer! La mer!

—Oui, fit mon oncle; la mer centrale, comme je l'ai nommée.

C'était donc vrai. La mer s'étendait devant nous jusqu'à l'horizon. Son rivage au sable doré était parsemé de coquillages. Les vagues se brisaient sur le rivage en murmurant sourdement, car nous étions sous terre.

La plage était bordée d'énormes falaises rocheuses dont je ne pouvais voir le sommet. Au-dessus de ma tête, d'épais nuages de gaz cachaient en partie le toit granitique qui s'é-

La mer centrale

levait à des milles de hauteur. Et pourtant un rai de lumière d'une grande beauté sortait de ces nuages, sans émettre la chaleur du soleil.

Nous étions dans une caverne gigantesque, plus merveilleuse que tout. J'en restai muet.

Nous nous promenâmes le long de la plage, respirant l'air salin après 47 jours d'obscurs tunnels. Des cascades dévalaient les falaises rocheuses pour disparaître dans la mer.

Après environ 500 mètres, nous arrivâmes près d'une immense forêt.

Les arbres semblaient d'énormes ombrelles immobiles malgré la forte brise. Je connaissais presque toutes les 2.000 espèces d'arbres au monde, mais pas celle-ci.

Nous approchant de la forêt, nous fûmes bientôt assez près pour voir que c'était une forêt de... CHAMPIGNONS GEANTS!

Ces champignons blancs faisaient près de 40 pieds de haut, leurs chapeaux 40 pieds de large.

Notre promenade nous apporta d'autres

Une forêt de champignons géants!

merveilles: des fougères aussi hautes que des pins, des herbes gigantesques, des arbres de 100 pieds de haut.

—Stupéfiant! Magnifique! s'écria mon oncle. Ces petites plantes de nos jardins étaient des arbres majestueux au début des temps!

—Mais si cela est vrai pour les plantes, en est-il de même pour les animaux? fis-je, prenant peur.

—Oui, mon garçon. Regarde donc ces ossements sur la plage, là-bas —certains sont aussi énormes que des troncs d'arbre.

Je me baissai pour examiner la mâchoire inférieure d'un mastodonte et les molaires d'un dinothérium. —Vous avez raison! m'écriai-je. Ces puissants animaux vécurent et moururent autrefois sur ces rivages. Est-il possible—mon Dieu! que l'un de ces monstres soit caché derrière un de ces énormes rochers en ce moment-même?

Je regardai autour de moi, mais sans rien voir de vivant sur ce rivage désert.

Les ossements d'immenses animaux

VOYAGE AU CENTRE DE LA TERRE

J'avais vu bien des choses extraordinaires, mais ces épreuves m'avaient fatigué et il me fallait du repos, surtout si nous devions nous embarquer bientôt. Nous revînmes donc à la caverne.

Je me réveillai frais et dispos le lendemain. Après un bain de mer et mon petit déjeuner, je fis un tour sur le rivage avec mon oncle.

—Où sommes-nous maintenant par rapport à la surface? demandai-je.

—A plus de 1.000 milles du Sneffels et à 110 milles de la surface, dit-il.

—Alors nous sommes... voyons... quelque part sous l'Ecosse, fis-je.

—Tout à fait, répondit-il en riant.

—Voulez-vous retourner à la surface maintenant?

—Retourner? s'écria-t-il. Avant de finir notre voyage?

—Mais cette mer est immense, dis-je.

—Elle fait, à mon avis, environ 150 milles de largeur, répondit-il.

Un bain de mer

—Et comment allons-nous la traverser? fis-je, alarmé. A la nage?

—Tu verras bien, répondit-il.

En effet, après un travail acharné, Hans avait fabriqué un radeau de 10 pieds sur 5 pieds avec des troncs de pins fossiles attachés avec nos fortes cordes d'escalade. La voile blanche qui pendait au mât était un de nos draps.

A six heures du matin, le 13 août, nous chargeâmes le radeau avant de le pousser à la mer. Hans avait façonné un gouvernail pour nous guider avec facilité. Comme un vent fort soufflait dans notre voile nous allâmes bon train au début.

De gigantesques paquets d'algues de 3 à 4.000 pieds de long flottaient dans la mer, tels d'immenses serpents.

Après quelques heures, Hans accrocha un petit bout de viande à un hameçon et jeta sa ligne à l'eau. La mer souterraine était-elle poissonneuse?

Nous chargeons le radeau.

VOYAGE AU CENTRE DE LA TERRE

Après une longue attente, Hans ramena un poisson très semblable à un esturgeon, mais sans yeux, d'une race depuis longtemps éteinte. Nos provisions étaient renouvelées pour notre voyage!

Le deuxième jour, le vent fut constant et nous avancions vite; mais le voyage nous ennuyait et nous avions hâte d'arriver.

Scrutant l'horizon avec son télescope, mon oncle grommelait, furieux.

—Qu'y a-t-il, mon oncle? fis-je.

—Je pensais que cette mer ne faisait que 150 milles de large, mais nous avons déjà parcouru trois fois cette distance sans voir le rivage!

Saknussemm a-t-il traversé cette mer? Est-ce que nous sommes encore sur le bon chemin?

Deux jours passèrent, avec un seul incident pour rompre la monotonie du voyage: Hans voulut sonder la mer et fit descendre une barre de fer attachée à une corde.

Hans attrape un poisson.

Quand il la remonta, elle était tordue et profondément marquée.

—Qu'est-ce que c'est? demandai-je.

Hans examina la barre et répondit: —Des dents!

Je n'avais guère envie de rencontrer l'énorme animal qui pouvait ainsi tordre le fer et y laisser de telles marques.

Le mardi 18 août nous continuâmes à bonne allure. Au soir, je m'endormais quand le radeau se mit soudain à se soulever hors de l'eau. Cela me réveilla brusquement.

—Qu'y a-t-il? hurlai-je.

Hans leva la main vers une énorme masse noire qui nageait à près de 200 mètres du radeau.

—Un monstre marin colossal! m'écriai-je.

—Oui, cria mon oncle, et là, un énorme lézard de mer, et plus près du radeau, c'est un immense crocodile, avec des dents d'un pied!

Alors parut une baleine géante, puis des

La barre de fer est tordue.

tortues de 40 pieds, et d'autres monstres convergeant sur nous, prêts à détruire notre radeau d'un seul coup de queue ou de dent monstrueuse.

Je pris mon fusil, mais Hans m'arrêta. Les balles ne pénétreraient pas leurs armures d'écailles.

Mais ils disparurent tous dans les eaux, sauf deux qui se précipitèrent l'un vers l'autre.

L'un avait la tête d'un lézard, les massives dents d'un crocodile et le museau d'un marsouin; c'était l'ichtyosaure, le grand poisson-lézard et le plus horrible de tous les reptiles préhistoriques.

L'autre était un serpent monstrueux à carapace de tortue: le terrible plésiosaure, ou crocodile marin.

Les deux géants se livrèrent sous nos yeux à une furieuse bataille qui dura des heures. Des montagnes d'eau déferlèrent sur notre radeau, nous entraînant presque dans les vagues.

Je prends mon fusil.

Les sifflements hideux des monstres nous glaçaient de terreur.

Soudain ils disparurent sous l'eau. Après plusieurs minutes, la tête du plésiosaure surgit de l'eau, son cou serpentin convulsé par l'agonie. Puis tout se calma, et le puissant serpent reposa, mort, sur l'eau à présent tranquille.

Quant à l'ichtyosaure, qu'était-il devenu? Allait-il reparaître pour nous anéantir?

Les sifflements hideux des monstres

La tempête arrive.

Chapitre 10

La tempête

Nous étions maintenant vendredi 21 août. Après plus de 800 milles en mer, nous devions être exactement sous l'Angleterre. La mer était calme et nous allions bon train.

Mais tout allait changer. Les nuages formaient d'immenses boules de coton qui tombaient vers la mer en passant du blanc au gris.

—Je crois qu'une tempête se prépare, dis-je à mon oncle.

Il montra le ciel sans rien dire.

Il y avait manifestement de l'électricité dans

l'air. Mes cheveux se dressaient sur ma tête, et si l'un de mes compagnons m'avait touché, il aurait reçu un choc terrible.

À 10 heures, il devint clair qu'une tempête arrivait. Les nuages noircissaient, le vent faiblissait comme pour se préparer à la bataille. Notre radeau était immobile sur la mer sombre.

—Amenons la voile, dis-je.

—Mais non, répliqua mon oncle irrité. Que le vent nous emporte! Peut-être nous amènera-t-il enfin à l'autre rive!

Soudain la tempête éclata, de tous les côtés à la fois, dans des hurlements de rage. Dans l'obscurité grandissante, le radeau ballotté par les vagues tanguait. Mon oncle fut projeté sur le pont où il resta sans bouger, agrippé au radeau, les yeux ouverts comme s'il prenait plaisir à la tempête alors qu'il luttait pour rester en vie.

Je le rejoignis, rampant péniblement sur le ventre pour ne pas être entraîné par les

La tempête nous attaque de tous côtés.

vagues en folie.

Hans, les cheveux volant au vent, restait assis sans bouger.

Nous allions à une allure incroyable vers un rideau de pluie.

—Amenez la voile! hurlai-je, la main en cornet pour me faire entendre au-dessus des rugissements de la tempête.

—Non! hurla mon oncle. Laisse-la!

La mer écumante, les coups de tonnerre, les éclairs éblouissants, tout me terrifiait. Les éclairs s'entrecroisaient de tous côtés. Des grêlons étincelants frappaient le radeau, menaçant de le retourner. J'étais aveuglé par les éclairs dans le ciel sombre et assourdi par le tonnerre incroyable, aussi bruyant que si toute la poudre du monde avait explosé en même temps.

La tempête continua sans interruption toute la journée et toute la nuit, et le dimanche 23 elle faisait encore rage.

Le lundi 24, la tempête était toujours aussi

Aveuglés par les éclairs

furieuse. Mon oncle et moi étions brisés de fatigue, mais Hans était aussi frais et dispos que le jour de notre départ, deux mois auparavant.

Vers midi, la tempête empira et il fallut attacher notre cargaison au pont de peur qu'elle ne soit emportée par-dessus bord. Le radeau était parfois submergé et nous devions nous attacher au mât pour éviter d'être balayés par les vagues.

Sortant mon carnet, j'écrivis pour mon oncle: "Amenons la voile" et il me fit "oui" de la tête.

Mais c'était trop tard. Une boule fantastique de feu balaya le radeau, emportant le mât et la voile à la fois dans le ciel comme un cerf-volant.

Nous étions glacés de terreur. La boule de feu, mi-blanche, mi-rouge, courut sur notre embarcation puis se posa sur le baril de poudre. L'explosion ne faisait pas de doute. Pour quand?

Mais la boule de feu s'éloigna, s'approchant

La tempête empire.

de Hans, de mon oncle, enfin de moi; nous étions suffoqués par les gaz qui s'en échappaient. Soudain elle éclata, dans un éclair qui nous aveugla tous. Puis l'obscurité régna de nouveau sur les eaux.

Notre course était tout aussi rapide, même sans voile.

Je fis quelques rapides calculs et constatai que nous devions déjà avoir dépassé l'Angleterre, la Manche, la France et une grande partie de l'Europe.

Il se fit soudain un grand bruit: le bruit des vagues se brisant sur un rivage rocheux. La mer projeta notre frêle vaisseau sur la rive avec tant de force qu'il se brisa. Je serais mort sans Hans, qui me porta, tout meurtri, et me fit franchir les flots bouillonnants et les rochers glissants qui nous séparaient du rivage.

Notre traversée était enfin terminée! J'étais si heureux de sortir de la mer centrale!

Hans avait mis ce qu'il avait sauvé du

La boule de feu éclate.

naufrage sous un abri de rochers. Il nous y conduisit et nous prépara ensuite un repas, mais j'avais trop sommeil pour manger.

A mon réveil, le temps était radieux. Aucune trace de la tempête!

—Eh bien, mon garçon, dit mon oncle joyeusement, as-tu bien dormi?

—Oui. C'est la fin du voyage, n'est-ce pas?

Mon oncle, surpris, répondit:

—Bien sûr que non! Nous pouvons maintenant continuer par la terre.

—Et comment rentrerons-nous?

—C'est simple, sourit mon oncle. Quand nous atteindrons le centre exact de la Terre, nous trouverons une nouvelle façon de rejoindre la surface, ou nous rebrousserons chemin.

—Mais nos provisions?

—Hans s'en est occupé. Il a pu en sauver une grande partie, et il en trouvera en chemin. En doutes-tu?

Il me fallut admettre que Hans en était tout à fait capable.

Tout est sauvé grâce à Hans!

Sous notre abri rocheux, Hans avait disposé notre matériel et nos provisions. Nous avions des biscuits, du poisson séché et de la viande salée pour quatre mois, de l'eau en abondance et presque tous nos instruments; seuls les fusils avaient été perdus.

—Et le radeau? m'informai-je.

—Je crois que nous n'en aurons plus besoin, et que nous reviendrons par une autre ouverture qu'au départ!

Mon oncle était-il fou? Et pourtant comme ses paroles étaient vraies!

—Où sommes-nous à présent? demandai-je à mon oncle.

—C'est difficile à dire, mais d'après mes calculs, nous avons franchi à peu près 900 milles sur la mer. Nous sommes à 2.700 milles environ du Sneffels. Cela nous amènerait directement sous la mer Méditerranée.

Sortant sa boussole pour le vérifier, il regarda l'aiguille et pâlit.

—Que se passe-t-il? demandai-je.

Sous l'abri rocheux, nos provisions

VOYAGE AU CENTRE DE LA TERRE

Sans un mot, il ferma les yeux, les frotta et regarda de nouveau l'aiguille.

Je lui pris la boussole et l'examinai. L'aiguille pointait vers le nord—la direction que nous pensions être le sud! Il était évident que durant la tempête, le vent avait tourné et nous avait ramenés au rivage que nous avions quitté de longs jours auparavant!

La boussole révèle un fait étonnant.

"Au radeau!"

Chapitre 11

Un monde primitif

Impossible de décrire notre stupéfaction et notre rage de nous voir revenus sur ce rivage.

—Ainsi, fit mon oncle sombrement, le destin me joue des tours. Mais je ne capitulerai pas.

—Ecoutez, dis-je. Ne repartons pas sur cette mer périlleuse!

—Au radeau! cria-t-il, ignorant mes paroles.

Hans se mit à réparer le radeau et à le charger.

—Rien ne presse, mon garçon, dit mon oncle. Nous ne partirons que demain. Explorons d'abord ce rivage, qui est assez distant de notre point de départ.

Après un mille sur le rivage, le sable devint très fin. Alors que je l'examinais, mon oncle s'arrêta à mes côtés.

—Que se passe-t-il? demandai-je.

Mais il était inutile qu'il réponde: sous mes yeux s'étalaient des fossiles de toutes sortes d'animaux connus ou inconnus. Aucun homme de science ne pouvait y résister!

Soudain mon oncle se précipita pour ramasser un crâne.

—Harry! Un crâne humain!

J'étais aussi stupéfait et bouleversé que lui. Un être humain de cette ère lointaine où les hommes n'étaient pas censés exister! La peau parcheminée, les dents intactes, la chevelure abondante, parfaitement préservées par ce sable merveilleux!

Et le corps de six pieds de long était à côté, entouré de ses hachettes et de ses silex.

Nous étions dans le cimetière de quelque monde disparu. Mon oncle se mit à rassembler

"Un crâne humain!"

des spécimens pour convaincre le monde de la surface. Ces êtres avaient-ils été ensevelis là par un tremblement de terre catastrophique, ou avaient-ils vécu dans ce monde souterrain? Dans ce cas, leurs descendants y habitaient peut-être encore!

Nous nous dirigeâmes vers une vaste forêt, décidés à explorer ses merveilles.

Nous examinions les plantes géantes de la forêt, fougères, pins et ifs, quand je vis bouger quelque chose. Je m'arrêtai net.

Au loin, paissait un troupeau de mastodontes, gigantesques éléphants préhistoriques. Ils déracinaient des arbres de leurs trompes géantes et les mangeaient comme des feuilles.

Nous étions stupéfaits.

—Approchons-nous! dit mon oncle.

—Non! nous n'avons pas d'armes, il faut fuir! Aucun homme ne pourrait faire face à ces monstres.

—Aucun homme? chuchota mon oncle. Et

Des éléphants préhistoriques gigantesques!

celui-là?

Et il me montra un être humain gigantesque qui semblait garder ces mastodontes encore plus gigantesques. Il faisait au moins 12 pieds de haut, avec une tête aussi grosse que celle d'un bison, couverte d'une crinière emmêlée.

—Partons vite! criai-je en entraînant mon oncle. Fuyons avant qu'il ne nous voie!

Pour une fois, il ne fit pas d'objections, et un quart d'heure après nous étions loin du monstre.

Une fois en sécurité à distance du géant et de son troupeau monstrueux, nous ralentîmes pour regagner la mer centrale.

En marchant sur la grève sablonneuse, je vis un objet brillant et courus le ramasser à l'instant même.

—Qu'est-ce que c'est? demanda mon oncle.

—Regardez, lui dis-je en lui tendant une dague rouillée.

—Ce n'est qu'un couteau ordinaire dont les

Un géant garde les mastodontes.

Islandais se servent dit-il. Il doit appartenir à Hans.

—Non! Ce couteau n'a pas un jour, un an, ni même un siècle, mais bien plus. Il est pourtant en acier. Regardez la corrosion et la rouille qui le recouvrent: c'est une dague espagnole du 16e siècle.

—Alors nous ne sommes pas les premiers à fouler ce rivage. Et la lame ébréchée de cette dague semble avoir servi à graver un message sur un rocher... Peut-être par quelqu'un qui cherchait à montrer la voie vers le centre de la Terre!

Examinant les rochers qui bordaient la plage, nous découvrîmes un sentier menant de la mer à une grotte. Nous le suivîmes avec précaution, les pieds dans l'eau, pour arriver à un énorme rocher en surplomb, sous lequel se trouvait l'entrée sinistre d'une sombre grotte.

Dans la grotte, sur une dalle de granit carrée, étaient gravées des lettres usées par le

Une dague espagnole du 16e siècle

temps, les initiales de l'explorateur qui nous avait précédés: **• ↑ • ♄ •**

—A.S.! s'écria mon oncle. J'avais raison! Arne Saknussemm est passé par ici.

Depuis le début de notre extraordinaire aventure, j'avais eu bien des surprises; mais je dois admettre qu'après avoir vu les initiales d'Arne Saknussemm gravées dans les entrailles de la Terre après trois cents ans, rien ne me parut plus impossible.

—En avant! m'écriai-je avec enthousiasme.

Mais mon oncle m'arrêta.

—Allons chercher Hans; il amènera le radeau jusqu'ici.

Ce soir-là, nous entrâmes explorer la grotte, mais à douze pas de l'entrée nous fûmes arrêtés par un énorme bloc de granit, massif, impénétrable.

—Il n'y a pas d'ouverture, fit mon oncle tristement.

—Mais par où est passé Saknussemm?

Les initiales d'Arne Saknussemm

—Ce rocher est peut-être venu boucher le chemin après son passage.

—Il faut l'enlever! m'exclamai-je frénétiquement.

—Y arriverons-nous avec nos piolets et nos barres de fer?

—Impossible, dis-je. Des outils ordinaires ne suffiront pas. Nous allons le faire sauter avec de la poudre.

—Excellente idée! s'écria mon oncle. Au travail!

Vers minuit, nous avions creusé dans le roc un trou assez large pour contenir 50 livres de poudre. Une longue mèche allait de l'explosif à l'extérieur de la grotte.

La tentation de mettre le feu aux poudres était grande, mais nous attendîmes le lendemain.

Le 27 août, à six heures du matin, nous étions tous debout et fin prêts. Je pris la lampe et me dirigeai vers la mèche, qui mettrait dix minutes à brûler.

Un trou dans la roche

Mon oncle et Hans restaient sur le radeau pour plus de sûreté. Nous voulions nous éloigner un peu pour éviter les effets de l'explosion.

—Es-tu prêt? demanda mon oncle.

—Tout à fait!

—Alors, feu!

Le cœur battant, je mis le feu à la mèche, puis courus au rivage et sautai sur le radeau que Hans mena au large pendant que le feu s'approchait de la poudre.

—Cinq minutes, fit mon oncle... quatre... trois... deux... une minute encore... trente secondes.

Puis le rugissement de l'explosion!

La mer était devenue folle! Une vague aussi haute qu'une montagne nous emporta. Puis ce fut une chute épouvantable dans un puits. Nous nous tenions serrés l'un contre l'autre en silence.

Derrière le rocher que nous avions fait sauter se trouvait une immense cavité dans

Le rugissement de l'explosion!

laquelle l'eau de la mer centrale se déversait en torrent, nous entraînant avec elle.

Le radeau descendit pendant deux heures à une vitesse de plus de 100 milles à l'heure. Nous nous accrochions pour ne pas être tués.

Nous étions certainement sur la voie prise par Saknussemm, mais au lieu de descendre à pied, nous emmenions la mer entière avec nous!

Après plusieurs heures, le tunnel s'élargit, mais le radeau continuait sa descente vertigineuse en tournoyant encore, à plus de cent milles à l'heure.

Je réussis à me traîner vers nos provisions pour les vérifier; mais la plupart avaient disparu! De tous nos instruments, seuls restaient le chronomètre et la boussole, et pour comble de malheur, plus de nourriture, même pas pour un jour!

Je ressentis soudain un choc, bien que nous n'ayons rien heurté. Un déluge nous inonda. C'était une chute d'eau immense, qui nous

La mer se déverse dans un immense trou.

noya presque. Mais en quelques secondes le radeau fila loin de la cascade.

—Harry, Harry, appela mon oncle. Vois-tu ce qui nous arrive? Nous sommes emportés vers le haut!

Je touchai le mur et sentis que nous montions en effet, à une vitesse fantastique!

—Les eaux de la mer centrale ont dû heurter le fond, raisonna mon oncle, et remontent maintenant par ce puits étroit.

Une heure entière passa. Quel sort nous attendait? Un toit de rocher en haut du puits, où nous péririons écrasés?

Pris dans une chute d'eau géante

Nous montons à une allure folle.

Chapitre 12

L'éruption du volcan

Nous continuions à monter à une allure folle. Je craignais la suite des événements. Mon oncle dut le comprendre.

—Tant qu'il y a de la vie, il y a de l'espoir, dit-il. Mangeons un morceau pour garder nos forces.

Mais Hans secoua tristement la tête.

—Comment! hurla mon oncle. Nous avons donc tout perdu?

—Oui, répondis-je. Et je tombai dans une sorte de transe où je revis ma jeunesse, ma maison, Gretchen, et la nourriture que nous avions perdue.

Une nouvelle sensation me réveilla. La température montait avec notre radeau. Sans pouvoir la mesurer, j'estimai qu'il faisait au moins 120 degrés. "Pourquoi ce changement?" me demandai-je.

—Si nous ne sommes pas noyés ou aplatis comme des crêpes, nous serons brûlés vifs, fis-je tout haut.

Haussant les épaules, mon oncle regarda en l'air.

—J'ai encore espoir, dit-il avec calme.

Des heures passèrent ainsi; la température augmentait toujours. Il me semblait que nous étions baignés d'air brûlant. Je n'avais jamais ressenti cela. Le moindre vêtement devenait une torture et nous commençâmes à nous déshabiller.

—Est-ce que nous allons vers un incendie? criai-je quand la chaleur s'intensifia.

—Non, c'est impossible, répondit mon oncle, bien que tout fût possible au cours de ce

Baignés d'air brûlant

voyage.

—Pourtant, les murs du tunnel sont chauffés à blanc. Et n'entendez-vous pas ces explosions assourdissantes?

Une idée frappa mon oncle. Je vis qu'il y réfléchissait.

—Mon oncle, m'écriai-je, nous sommes perdus. C'est un tremblement de terre! Les murs autour de nous se fissurent, l'eau en dessous de nous est bouillante!

—Tu te trompes, et de beaucoup mon neveu, répondit-il.

—Comment? criai-je.

—C'est plus qu'un tremblement de terre, Harry. Bien plus important. C'est une éruption!

—Quoi? fis-je, le souffle coupé. Nous sommes dans la cheminée d'un volcan en éruption?

—Oui, sourit-il. Et c'est une excellente chose!

—Quoi! hurlai-je. Etes-vous devenu fou?

Les murs du tunnel sont chauffés à blanc.

Nous sommes dans un puits de lave brûlante, près d'être vomis par le volcan avec des tourbillons de flammes et d'énormes rochers, et vous trouvez...

—Ne vois-tu pas, Harry, dit-il calmement, que c'est notre seule chance de quitter l'intérieur de la Terre et de revoir la lumière du jour?

Je compris qu'il avait raison.

Notre vertigineuse ascension dura une nuit entière. Sous le radeau était l'eau bouillante et par dessous une masse de lave et de rochers en remous.

Au milieu de ces périls, je me demandais quelle était la montagne que nous escaladions à une telle vitesse? Dans quelle partie du monde serions-nous éjectés?

Cela n'avait aucune importance; la situation était sans issue.

Bientôt une vague lueur nous parvint. A gauche et à droite je distinguai de longs corridors d'où se déversaient une terrible fumée et

Nous remontons le tunnel en feu.

d'horribles gaz sulfureux. Des langues de feu étincelantes semblaient prêtes à nous lécher. Notre dernière heure était arrivée!

—Regardez, mon oncle!

—Ne t'inquiète pas, dit-il. Le tunnel s'élargit. C'est bientôt fini.

Il faisait maintenant 200 degrés, et la sueur coulait de chaque pore de notre corps. Seule la vitesse de notre ascension nous empêchait d'étouffer.

A huit heures du matin environ, le radeau s'arrêta. Nous restâmes immobiles.

—L'éruption s'est arrêtée! criai-je. Nous n'arriverons jamais à la surface!

—N'aie crainte, répondit mon oncle. Les éruptions procèdent par étapes. Nous allons recommencer dans dix minutes.

A la minute près, il avait raison.

Le radeau reprit bientôt sa route. La chaleur était insupportable. Ah si l'éruption me projetait sur les pentes enneigées d'un volcan du Nord! La neige, la glace, le froid me

D'horribles gaz sulfureux

soulageraient tant!

Ces arrêts se reproduisirent plusieurs fois encore. Je me souviens mal de ce qui arriva par la suite, mais je me rappelle la masse de rochers ascendante, les explosions, et le radeau tourbillonnant comme une toupie sur une mer de lave en fusion, parmi un nuage de cendres.

Ma dernière image fut la silhouette de Hans entouré d'un halo de flammes. Puis je fus projeté dans l'espace, comme si je sortais de la gueule d'un canon.

La gueule du canon

Nous atterrissons sur une montagne.

Chapitre 13

La fin du voyage

Quand j'ouvris les yeux, je sentis que Hans me tenait fermement par la ceinture. De l'autre main, il tenait mon oncle. Je n'avais pas de blessure mais tout mon corps était meurtri.

Au bout d'un moment, regardant autour de moi, je vis que nous étions sur le flanc d'une montagne, à moins de deux mètres d'un précipice où je serais tombé si Hans ne m'avait pas retenu.

—Où sommes-nous? demanda mon oncle, apparemment triste d'être de retour sur terre.

Hans haussa les épaules.

—En Islande? lui demandai-je.

—Non, fit-il.

—Tu dois te tromper, lui cria mon oncle.

Mais Hans ne se trompait pas. Au lieu des glaciers auxquels je m'attendais de l'Islande, nous voyions une montagne baignée d'un soleil brûlant.

—Cela ne ressemble vraiment pas à l'Islande, remarqua mon oncle. Regarde en bas; vois ces arbres verts, figuiers et oliviers. Vois ce petit port avec ses barques de pêche. Nous sommes bien loin des régions arctiques. Descendons cette pente pour trouver de quoi boire et manger.

Après deux heures de marche, nous étions dans un paysage magnifique où poussaient olives, grenades et raisins sauvages. Notre délicieux et abondant repas fut arrosé de l'eau d'une source.

Alors que nous mangions, un enfant très jeune et pauvrement vêtu apparut entre deux

Loin des régions arctiques

oliviers.

—Ah! Un habitant de ce pays! m'exclamai-je. Il va nous dire où nous sommes.

Le jeune garçon avait très peur de ces trois hommes à moitié nus, aux barbes emmêlées, mangeant comme des sauvages.

Mon oncle lui demanda doucement en allemand: —Comment s'appelle cette montagne?

Pas de réponse.

—Bon, dit mon oncle; nous ne sommes pas en Allemagne.

Il lui posa la même question cette fois-ci en anglais.

De nouveau pas de réponse.

Mon oncle demanda de nouveau mais en français.

Le garçon indiquait de la tête qu'il ne comprenait pas.

—Je vais essayer l'italien. *Come si noma questa isola*? Comment s'appelle cette île?

—Stromboli, fit l'enfant avant de disparaître bien vite dans l'oliveraie.

Le jeune garçon ne comprend pas.

VOYAGE AU CENTRE DE LA TERRE

—Stromboli! m'écriai-je. Nous sommes remontés à la surface au milieu de la Méditerranée. Et le volcan qui nous a vomis est le célèbre, le féroce mont Etna!

Ah! Quel voyage merveilleux, extraordinaire! Nous avions pénétré dans la Terre par un volcan et en étions ressortis par un autre. L'Etna était au moins à 3.600 milles du Sneffels. Nous avions quitté les neiges de l'Islande pour retourner sous le soleil de l'île de Stromboli.

Rejoignant le petit port, nous prétendîmes être des naufragés, car si les habitants superstitieux de l'île avaient appris la vérité, ils nous auraient pris pour des diables de l'enfer!

Le célèbre mont Etna

Nous quittons Stromboli.

Chapitre 14

Le retour au foyer

Les pêcheurs du port nous donnèrent des habits et de la nourriture, et 48 heures plus tard, le 30 septembre, un bateau nous emmena à Messine, en Sicile.

Le vendredi 4 octobre, nous partîmes pour la France et atteignîmes Hambourg, en Allemagne, le 9 octobre.

Grâce aux commérages de la cuisinière Martha, tout Hambourg et le monde entier étaient au courant de notre aventure. Apprenant que nous avions entrepris un voyage au centre de la Terre, beaucoup pensèrent que nous ne reviendrions jamais. Alors, quand nous revînmes au logis, l'aventure leur parut encore plus incroyable.

Mais la présence de Hans et les bribes de récits que nous leur présentions leur fit changer d'avis. Mon oncle devint célèbre et je devins le neveu d'un grand homme, et un peu un héros moi aussi.

Hambourg nous fit fête et mon oncle raconta en détail notre incroyable voyage.

Le même jour, il déposa à la bibliothèque de la ville le parchemin d'Arne Saknussemm, regrettant de n'avoir pu suivre l'Islandais jusqu'au bout. Sa modestie ne fit qu'augmenter sa gloire.

Quand Hans décida de quitter Hambourg pour son Islande bien-aimée, nous fûmes bien tristes. Nous n'oublierons jamais le courageux guide qui nous sauva tant de fois la vie.

En conclusion, je dois dire que ce voyage provoqua un immense intérêt de par le monde et que notre récit fut publié en de nombreuses

Jour de fête à Hambourg

langues.

Mon oncle jouit de son vivant d'une gloire bien méritée.

Quant à moi, j'épousai Gretchen et achetai une maison à côté de celle de mon oncle. Là, je continuai à travailler avec le distingué professeur pendant le restant de ses jours.

Oncle et neveu continuent leur travail.

Payette & Simms inc.

Achevé d'imprimer en août 2001 sur les presses de
Payette & Simms inc. à Saint-Lambert (Québec)